「な…っは、ああ……やだっ」
「今は、そなた欲しさに嫌も聞けぬな」
「光、玲っ……ぁ」
左脚を光玲に抱えあげられ、腰を引き寄せられる。

AZ NOVELS

平安時空奇譚　覡《かんなぎ》は永遠の恋人

牧山とも

CONTENTS

CONTENTS

CONTENTS

CONTENTS

ILLUSTRATION
SILVA

覡《かんなぎ》は仮初の恋人

◇◆◇

大学が冬季休暇に入ってすぐ、三浦秀輔《みうらしゅうすけ》は京都の実家に戻っていた。

いつもなら、年の瀬ぎりぎりの帰省が常だ。理由は単純で、この時期に早く帰ると家のことを手伝わされてしまうせいである。

秀輔の実家は、由緒正しい宮司の家系だった。父親で四十一代目の千年以上つづく系譜らしく、秀輔はこの三浦神宮の神職を司る三浦家の次男で、先月二十歳《はたち》になった。

八歳上に兄、五歳上に姉がいる。年の離れた兄姉には、多忙な両親にかわってずいぶんと可愛《かわい》がってもらった。

現在、秀輔は東京の私立大学に通っている。専攻はもともとは文学部神道学科に在籍していたが、実のところ、古典文学や日本中世史といった少々違った分野への関心が高い。好きが高じて転科し、日本中世史史料学なるゼミを選択したが、まさかその担当准教授があんなハイパー変態とは思いもしなかった。

今回の早期帰省も、この四十男・矢沢徹《やざわとおる》が元凶だ。

ゼミの初期から、矢沢は秀輔だけをやけにかまってきた。はじめは単純に気に入られたかと思っていたけれど、それが薄気味悪さを伴いだすのに時間はかからなかった。

用事があるといって研究室に呼びだされ、セクハラを受けたときの衝撃たるや、筆舌に尽くし難い。秀輔の脳内で軽くビッグバンが起きた。全身に鳥肌が立ったし、冗談ぬきに寒気がした。同性の尻《しり》を笑顔で撫《な》で回す矢沢の正気を、本気で疑った。師事相手でなければ、間違いなく拳《こぶし》で殴り倒し、罵《ののし》っている。

将来は院に残って日本の古典文学や中世史についての研究をつづけたい身では、教授や准教授の心証を悪くすることはできるだけ避けねばならない。その一心のみで耐えている自分を褒めてほしいが、これはまだほんの序の口だった。

連絡網として知られている電話番号やメールアドレスに、今や一日に何件もの着信がくるようになった。

いい加減うんざりし、強く拒もうとすれば、単位をちらつかせるアカデミックハラスメントまでしてくる始末だ。

まともな神経の准教授とは、とても思えない。頭の螺子《ねじ》が一部、大幅かつ確実に緩んでいる。おまけに、学生課で調べたのか、最近では秀輔がひとり暮らしするマンション周辺にまで出没し始めた。

エントランスでその姿を発見したときは、悪霊がはっきり写った心霊写真を見たような心境で頬《ほお》が引き攣《つ》った。しかも先々週以降、クリスマスを意識してか矢沢のアプローチが激化している。

ただでさえ、秀輔はそんなイベントごとには興味がない。というか、いい年のおっさんがクリスマスって寒いにもほどがあるような気がするし、そもそも、誰《だれ》が考えてもストーカーだ。

直ちに警察へ通報、並びに迅速な身柄確保をお願いしたい。裁判所に接近禁止命令もぜひ出してもらいたかったが、実際には告発できていない。

大学内でのパワーバランスもあるものの、男の自分が同性にストーキングされている事実は微妙で言いにくい。その上、矢沢は周囲の評判がすこぶるよかった。

秀輔が仮に訴えたにせよ、信じてもらえない気がする。最悪、自分のほうが悪者扱いされかねない。まして、ゼミ自体は秀輔の好きな分野でかなり楽しいので、矢沢の弊害と勉強の間でジレンマに陥り、ストレス数値は上がる一方だ。

男にモテてもうれしくない秀輔は、大学や仲間内で性別を問わず人気を集めていた。どこぞの王国のプリンスかと揶揄《やゆ》されるくらい美麗極まる容姿のためだ。

一七三センチの身長にほっそりした体格、全体的に色素は薄く、小さな顔にこづくりだが整ったパーツが配置されていて、たおやかな印象が強い。

ところが、非常に優しげな雰囲気と顔立ちとは裏腹に、性格はけっこう勝気で意地っ張りだ。短気でいささか単純な面もある。

末っ子気質のわがままさや甘え上手な面も持ちあわせており、なにかに夢中になると、加減を忘れて熱中してしまいもする。

上品な口調で優雅におっとり話すイメージらしいが、いたって普通にフランクに話す。そのギャップが、まるで豪奢《ごうしゃ》な洋館で飼われている血統書つきのシャム猫が獲物の蜥蜴《とかげ》を銜《くわ》えているのを目撃したみたいな衝撃だと、以前友人に嘆かれた。

遊びで捕まえるにしろ、もっとこう品のあるものでと落胆されても迷惑だ。逆に、見た目の勝手なイメージを押しつけるなと文句を言いたい。

優しそうという思いこみで、期待過剰な先入観を持たれるのもげんなりした。それがあまりに頻繁で異性とつきあうのが億劫《おっくう》になり、ここ数年はずっと気軽なフリーでいる。そこへ、矢沢のしつこいストーキング行為ときた。

冬季休暇中、さすがに都内にとどまっていては躱《かわ》しきれない。予想以上の執拗《しつよう》さと理不尽さも相俟《あいま》って辟易《へきえき》し、せめて物理的な距離を置きたいと早々に帰省したのが実情だ。

そうしたら、朝食後早速、権宮司の兄・孝宏《たかひろ》から呼びとめられた。

「今日はいい天気だし、晦日《みそか》の祓《はらえ》の前に宝物庫の掃除を頼む」

「俺が？」

不満印を顔中に貼《は》りつけて猛アピールする。

晦日の祓とは、一年間の穢《けが》れを祓《はら》う年末恒例の神事である。神道については、秀輔も育った環境や大学での講義も経て、一通りの知識は有している。

「ほかに誰がいるんだ。職員ほか家族全員、この時期は寝る間もないほど忙しい」

自社である三浦神宮規模の神社ともなると、行事のときでなくとも、父と兄以外の多数の神職者が奉仕している。

「そうだけど…。俺、昨日帰ってきたばっかりなのにさ」

「神社の息子に生まれたんだ。あきらめろ」

「わかったよ。やればいいんだろ」

「丁寧にな。手をぬいたら、昼めしぬくぞ」

「言われなくてもやるし！」

子供かよと反論し、眼鏡《めがね》越しになんでもお見通しといわんばかりの孝宏に噛《か》みついたが、笑っていなされる。八歳違いの兄は、もうひとりの父親といった感じで喧嘩《けんか》にもならない。

憮然《ぶぜん》とした表情の秀輔の頭を撫で、頼んだぞと宝物庫の鍵《かぎ》を渡して踵《きびす》を返した長身の背中を見送った。

「…だから、早く帰ってくるのは嫌だったんだよ」

やさぐれついでに矢沢に毒づいて、秀輔は自室に戻って神職スタイルに着替えた。普段着のまま社内をうろつくと、父と兄にこっぴどく叱《しか》られるのだ。

上は白衣、下は浅葱《あさぎ》色の袴《はかま》、足袋《たび》も履いた。神職者の階級は袴の色や文様で区別される。当然、秀輔は見習いと同等だが、父と兄は階級的にかなり高い。とはいえ、正直、家業よりも学問のほうに興味がある秀輔にとっては、今も昔もお手伝いという認識だ。

しかし、子供の頃以来着慣れているせいか、この格好は嫌いではない。むしろ洋服より落ち着くし、身が引きしまる感覚が好ましいけれど、掃除は別だった。

文句を言いつつも、宝物庫の鍵を手に外へ出る。家族が暮らす屋敷を含め、三浦神宮は非常に広大な敷地を有している。その広い敷地内の見慣れた木々の緑や大きな鳥居のそばを玉砂利を踏みしめて、身を縮めながら歩いた。

「寒っ」

薄曇りの日がつづいたあとの久々の晴天は虫干しにはおあつらえ向きの日和《ひより》だろうが、季節柄、芯《しん》まで冷える。手足の先もかじかみ、無意識に両肩に力が入った。

「ったく。こんな寒い日に、なんの因果で俺がさ…」

友人らが聞けば、こぞって溜《た》め息《いき》をつきそうな悪態を品のいい口元からこぼす。

元凶の矢沢がますます恨めしくなり、腸《はらわた》が煮えくり返る思いで双眸《そうぼう》を据わらせた頃、ようやく宝物庫に着いた。こわばった手で、どうにか鍵を開ける。

秀輔は、ここに立ちいったことがほとんどなかった。実は幼い頃、父についてきてこの中で遊び疲れて寝込んでしまい、うっかり存在を忘れられたあげく、薄暗闇《くらやみ》で目覚めたことがトラウマになっている。

以降、なるべく近寄らずにいたが、二十歳にもなって暗いところが苦手とは恥ずかしくて言いづらい。兄の言いつけを断らなかったのも、半分以上はそのせいだ。

気乗りしないまま重い扉を開いて中へ入り、寒気を遮断するべく、即行で扉を閉める。予想よりも、室内は寒くなかった。元来、貴重なものを保管する場所ゆえに、湿度や温度管理が行き届いていて不思議はない。

屋外の掃除をさせられるよりはマシかと思い直し、室内を見遣《みや》った。窓から陽光が射しこんでいるわりに薄暗いのが嫌で、心もち急いで入口付近にあるスイッチを押して電気をつけた。明るくなった室内に、安堵《あんど》の吐息をつく。

ざっと見たところ、宝物庫内はそんなに散らかってはいなかった。黴《かび》臭さもなく、秀輔が動いても埃《ほこり》が舞いあがるふうでもない。

おそらく、誰かが定期的に掃除しているのだろう。年末は彼らが多忙な分、自分にお鉢が回ってきたのだ。

とりあえず、ハタキでもかけるかと思いたち、どこから始めるかなと内部を見回す。しかし、さまざまな書物や置物、神事に必要な道具類が整然と数多く並べられている様子は、さすがに圧巻だった。

自社の格式や伝統を教えられてきてはいたけれど、あらためてその歴史を再認識させられる。

ここにあるものの大部分は、長い時を経て存在し、それぞれが各時代を知っていると思うと、非常に感慨深かった。

今さらながら、この宝物庫は文字どおり宝の山だと思いいたる。まさに、ちょっとした博物館とか資料館並みの品揃《しなぞろ》えだ。

歴史的、文化的にも価値の高い逸品たちを目前に、秀輔の古典好き魂が疼《うず》いた。

暗い場所怖さで今まで避けてきた時間がもったいないとばかりに胸を躍らせつつ、頼まれた掃除も時間も忘れて書物を広げる。

袴姿のまま、行儀悪く胡坐《あぐら》を組んで座り、手あたり次第に夢中で目を通した。

「ん？」

鎌倉時代の文献をいくつか読破し、伸びをしていた秀輔がふと、ある木製の文箱《ふばこ》に視線をとめた。多くの品々の中、いかにも古めかしい様相に興味を惹《ひ》かれる。もしかして、西暦三桁《けた》台の時代のお宝かと目を輝かせた。

これが国宝ならおいしすぎると半笑いになりながら、おもむろに立ちあがってすぐ近くへ行った。

手に取った文箱は、二箇所ほど虫に喰《く》われていて色褪《いろあ》せもかなりひどかった。うっすらとかぶっている埃を、秀輔は指の腹でそっと注意深く払った。

なんの表書きもない文箱の結ばれている繻子《しゅす》を息を呑《の》んでほどき、逸《はや》る気持ちを抑えてゆっくりと蓋《ふた》を開ける。

「あれ。なんだ…」

納められていたのは、二十センチほどのなんの変哲もない淡い緑色の巻物だった。外装の古さとは裏腹に、比較的きれいな装丁から新しいものと推測できる。

若干、拍子ぬけしたとはいえ、秀輔の関心は尽きなかった。果たして、どの時代に誰が書いたものか読みとけるかわくわくしながら、緑色の巻物をほどいて意識を集中させた。

「うわ!?」

その瞬間、秀輔が手にした巻物から突如、激しい閃光《せんこう》がほとばしった。あまりの眩《まぶ》しさに咄嗟《とっさ》に固く両瞼《りょうまぶた》を閉じた直後、凄《すさ》まじい吸引力を間近に感じて驚く。

どうにか薄目を開けてたしかめると、自分の両手があろうことか持っている巻物へと吸いこまれ始めていた。

「ちょ……っな…?」

最初は見間違いかと思ったが、唖然《あぜん》とする間にも手首辺りまでの輪郭がぼやけだす。

「げっ……ま、待て……ええ!?」

ぎょっとして、秀輔は必死に踏ん張った。慌てて手を離そうとしたが全然だめで、さらに恐ろしい力で巻物に引きこまれる。こんなこと、物理的におかしい。いわば、薄っぺらな紙切れの中に、それを破らず物体が入りこむなんて、どう考えても絶対に理屈が成りたたない。

目を焼く光と強力な引力だけでなく、猛烈な勢いで吹き荒れる風にも身体がぐらついた。ただし、この突風は秀輔の周囲だけ局所的に起きている現象ということに、本人は気づいていない。その証拠に、ほかの品物はなにひとつ飛び散っていなかった。

「な、なんだよこれ!?　嘘《うそ》だろっ!!」

ありえない異常事態に、当然ながら秀輔はパニックに陥った。

大混乱の脳は、①覚醒《かくせい》状態で迂闊《うかつ》にも寝惚《ねぼ》けている。②孝宏がしかけた性質《たち》の悪い悪戯《いたずら》。③その他、と三つ目ですでに挫折《ざせつ》し、機能低下も著しく職務放棄ぎみだ。

助けを呼ぼうとも思いつけず、なにが起きているのかすら今の秀輔には理解できなかった。なす術《すべ》もなく、抗《あらが》い難い強大な力に呑みこまれるように意識が急速に薄れていく。

「う……」

やがて、力を失くした秀輔の身体《からだ》が巻物の中に完全に引き摺《ず》りこまれたと同時に閃光が途絶え、暴風もぴたりとおさまる。

巻物ごとなんの形跡も残さず、宝物庫内から秀輔の姿のみ消えて、室内はなにごともなかったような静寂を取り戻した。あとには、巻物が納められていた古びた文箱と、その蓋が床に落ちた状態で残るだけだ。

静まり返った宝物庫の扉が開いたのは、それから三十分ほど経った頃だった。

「秀輔、昼めし……うん？」

昼食に弟を呼びにきた孝宏は、無人の室内を見て端整な眉《まゆ》をひそめた。さては、途中で掃除をさぼって自室に逃げたかと思い、母屋の隣にある離れに引き返したが見当たらない。

秀輔が着ていた普段着が、ベッドへ無造作に脱ぎ捨てられている。一応、クローゼットの中もたしかめてみたが、外出着は手つかずで残っていた。ということは、神職スタイルのままだ。あの格好で出かけはしないだろうし、机の上には携帯電話と財布も置きっぱなしである。

念のため、近所の親戚《しんせき》宅や心当たりの秀輔の友人数人にも連絡を入れてみたものの、空振りに終わった。

母屋のほうもひととおり捜し回ったあと、孝宏は再び宝物庫へ行って今度は中へ入り、すぐにさきほどは見落としてしまっていた変化に気づいた。

「これは」

床に落ちている木製の蓋を拾いあげ、対の文箱も見た。納められていた、あるいわくつきの巻物がなくなっているのを確認して、孝宏が肩をすくめる。

あの巻物と一緒に三浦家の人間が忽然《こつぜん》と姿を消したとなれば、結論は自《おの》ずと知れた。

「よりによって、この忙しい時期に…」

淡々と呟《つぶや》いて、文箱を手に宝物庫を出る。鍵を閉め、父親に報告せねばと思っていたところへ、出先から帰ってきた父と社庭で鉢合わせた。

ちょうどいいとばかりに、事情を伝える。

「おやじ、あれが発動した」

「なんだね？」

穏やかな物腰で首をかしげた父・進久《みちひさ》の眼前に例の文箱を示した途端、双眸を瞠《みは》ってああというようにうなずく。三浦神宮一子相伝の言い伝えを、進久もすぐに思いだしたようだ。

「秀輔に宝物庫の掃除を頼んだら、例の巻物ともども見事に消えてた」

「そうか。秀輔が選ばれたのか。対象は三浦家直系男子と聞いてたが、まさか自分の代で、しかも息子がとは想定外だけれど愉快でもあるね」

「俺的には、超多忙な年末年始時期の発動だけは避けてほしかったが」

「私は、跡取りのおまえを持っていかれずにひと安心かな。なに。あの子は神職より古典やらが大好きだからね。最善の人選だ」

「たしかに」

今回の椿事《ちんじ》が起こるべくして起こったと承知のふたりは、終始落ち着いていた。

普通なら、突然自分の近しい身内がいなくなれば心配する。八方手を尽くし、血眼になって捜しに捜し回って捜索願いを届けでるというのが常套《じょうとう》だろうが、彼らにその気配は薄かった。

無論、彼らなりに秀輔に愛情はきちんとある。驚愕《きょうがく》や動揺も覚えてはいるものの、代々三浦家に伝承されてきた言い伝えが、自分たちの代で現実になってしまったという捉《とら》え方なのだ。

「あいつはああ見えてしぶといし図太いから、どこへ行っても簡単には野垂れ死なないだろ。それより、俺は諸々《もろもろ》のフォローが面倒だ」

「ああ。あちらもさぞ驚くだろうが、こちらもそのうち大変になるね」

「まったく。三浦の祖先もふざけすぎだ」

嘆息した孝宏に、進久がのほほんと笑った。

「私は楽しくていいと思うよ」

「また呑気《のんき》な」

秀輔の行方知れずをよそに、三浦父子の飄々《ひょうひょう》ぶりは変わらない。

三浦神宮の伝承を、次男蒸発話と一緒に聞かされた妻と長女も当初は驚き狼狽《ろうばい》したが、進久と孝宏に宥《なだ》められてどうにか事実を受けいれた。


一方、時代はぐっと下って平安に遡《さかのぼ》る。

頭中将《とうのちゅうじょう》たる仲野光玲《なかのみつあき》は京の都にて、この日、御所へ参内していた。

役職的に、帝《みかど》の側近である頭中将が昇殿するのは珍しくないが、光玲は家格的にも重んじられている。なにしろ、仲野一族は代々、大臣・納言・参議といった国家の重職を担ってきた名門中の名門だ。

現在も父親は左大臣だし、母親も皇族の血を引く高貴な出で、姉の香子《こうこ》は現東宮妃《とうぐうひ》でもあった。

その東宮・直仁《なおひと》とは、光玲自身幼少時代からの親友ということもあり、将来出世間違いなしの超有望株な貴族として一目置かれているのだ。

まさにサラブレッドの左大臣家の嫡男は、容姿も極めて端麗を誇った。

切れ長の双眸は漆黒で、髪も艶《つや》やかな同色、鼻筋は通り、薄めの唇も形がいい。背はすらりと高く、全体的に典雅かつ甘い印象が漂う美形だった。

性格はいたって鷹揚《おうよう》だが、わりとはっきりものを言う。常に悠然としていて、なにごとにも大概動じない。貴族の子息らしく、言動がナチュラルに偉そうなものの、嫌味ではなかった。基本的に優しく、懐も深い。やや八方美人ぎみなのは、モテる男のセオリーだろう。

地位、品格、風格すべてを兼ね備えた光玲は、親の七光だけでなく、実力的にも優れていた。学問、芸術、武道、趣味など、ひととおりなんでもオールマイティにこなす。特に舞は素晴らしいと、名うてのプレイボーイの評判はいろんな意味で高かった。

朝の仕事を終え、清涼殿《せいりょうでん》には帝が人払いをしたため、今上帝・雅仁《まさひと》と東宮の直仁、光玲の三人だけがいた。

四十歳になる帝は良政を布《し》く偉大な君主で、臣下からは尊敬され、民からも慕われている。というと、厳格そうな感じがするが、帝自身は非常におおらかな人柄である。その資質は息子にも引き継がれていて、直仁も万人に好かれる穏和で素直な人品だった。

この面々で、いかにも重要機密を密談という格好だが実情は違う。砕けた雰囲気で世間話をしたいがための、帝の苦肉の策だ。

気が置けない相手と話すだけでも、なにかと理由が必要で大変なのだ。人間関係が複雑を極める宮中で、権力の中心にいるのも気の毒な気がした。光玲とて、権門の人間とはいえ、皇室の方々と比べたらまだ自由が利く。

仮に姉が嫁いでいなくとも、幼馴染《おさなな じ》み兼親友として、直仁の助けになりたかった。もちろん、帝にも尽くしたい。だから、自分を話し相手に少しでも気がまぎれるのであればと、光玲は私欲なしに思っていた。

「それにしても、相変わらず光玲は艶聞《えんぶん》にこと欠かんな」

人と会うのは御簾《みす》を隔てて対するのが通常だが、三人だけのときはそれもない。

上座の畳の上、褥《しとね》に座した帝が脇息《きょうそく》に片肘《かたひじ》をついた寛《くつろ》いだ様子で光玲をからかった。帝のそばにいる直仁も、小さく笑みを漏らす。

「本当に。我が友人には、一日も早く落ち着いてもらいたいものだよ。二十五歳にもなるのに北の方がいないと、香子も心配しているからね。仲野家の跡取りを嘱望する左大臣は、もっと気が気ではないだろうに」

すっかり耳慣れた台詞《せりふ》だ。顔を合わせるたび、両親や乳母にうるさくせっつかれている。

それなりの家格の姫君との縁談も降るように来ているらしく、そろそろ身を固める時期なのは光玲とて承知だ。否、すでに遅いくらいだろう。

自分が片づかないと、弟の光紀《みつのり》も結婚しづらいに違いない。たしか、幼馴染みの姫と言い交わしていると聞いた。

先を越されても光玲は全然かまわないが、家の者は張りきってかまいそうで頭が痛い。

弟に恨まれないためにも、ぼちぼち年貢を納めなければなるまい。そして、権門の嫡男に生まれたからには恋愛結婚は難しい。少なからず政略結婚的要素が含まれるし、それが悪いとは思わない。

姉もそうやって入内《じゅだい》し、東宮妃となったが、結婚後七年経って御子をふたりもうけた今も寵愛《ちょうあい》されて直仁との仲は睦《むつ》まじい。とはいえ、光玲にも好みはあった。

端的に言うと、超がつく面食いなのだ。しかも、不運なことに光玲の標準は絶世の美姫《びき》と謳《うた》われる姉だった。

母もまたきれいな人なので、彼女たちを見て育った光玲は審美眼が人より抜きんでて厳しい。これまでに通った姫君も、美貌《びぼう》自慢の女人ばかりだ。蛇足ながら、美しい男も愛《め》でるのになんら支障はなかった。

自他ともに認めるプレイボーイ、引く手数多《あまた》の光玲は、相手に不自由した覚えがない。放っておいても声がかかるので、自分から言い寄る機会は滅多になく、相手が勝手に落ちてくる。ただ、生来のウルトラ面食いゆえに、相手の容姿を正確に把握するための努力も惜しまない。張り巡らせた情報網を駆使し、ピンポイントで美形のみをいただく徹底ぶりだ。このやり方で、可能な限り正妻も美人の方向で調整させようと思っていた。

今はまず、帝の耳を己の風聞で汚した事実を謝ろうとした瞬間、それは起こった。

「なに!?」

突然の閃光が辺りを満たした。一瞬、眩しさに顔を背けた光玲だが、すぐさま体勢を立て直し、帝と東宮を守るために片手で目元を覆いつつも、指の隙間《すきま》から目を凝らす。すると、不意に光源の空間が不自然に歪《ゆが》んだ。

ちょうど帝たちと自分の中間付近に音もなく亀裂《きれつ》が走り、その狭間《はざま》からまさに男がひとり突風とともに出現した。

「……っ!!」

男の全身が空間の狭間を出た途端、唐突に光が消えて風もやんだ。虚空《こくう》の歪みも跡形もなくなり、もとに戻っている。

さほど長い時間ではないにせよ、未曾有《みぞう》のできごとにさすがの光玲も度肝をぬかれた。白昼堂々、もののけかと驚愕する一方で、咄嗟に腰の刀に手をかける。

たとえ命を賭《と》しても、帝と東宮に害をなさせるわけにはいかなかった。さりげなく、ふたりを背に庇《かば》って注意を促す。

「御上《おかみ》、東宮。お下がりください」

危険でございますとつづけた光玲に、帝がやんわりと言った。

「光玲。抜刀は許さん」

「御上?」

「よく見てみろ。そやつ、ぴくりともしておらん。まるで死人のようだぞ」

「御上の仰せのとおり、身じろぎひとつしていないよ。大丈夫なのかな」

「……ですから」

得体の知れないモノ相手に、この親子はなにを呑気なと、光玲が内心で溜め息をつく。

さすがに不敬罪にあたるので、すんでのところで舌打ちはこらえた。

「まあ、あのようにいきなり降ってきては打ちどころも悪かろうな」

「気の毒に。光玲、様子をみてあげなよ」

「……………」

甚《はなは》だ僭越《せんえつ》ながら、説教のひとつも必要かと光玲は双眸を据わらせかけた。そんなことを言っている場合かだの、御身の安全をもっと考えろだの、浅慮すぎるだの、いっそ不敬罪で軽く十回は投獄されそうな雑言が脳裏にこれでもかと浮かぶ。

あれが本当にもののけや呪詛《じゅそ》の類《たぐい》ならば、こちらを油断させておいて危害を加えるくらいする。権力を欲さんと彼らに仇《あだ》なす輩《やから》は、残念だが存在するのだ。

せめてもう少し、危機感を持ってほしいと眩暈《めまい》を覚えた。いや。持っていないこともないのだろう。なんといっても、聡明《そうめい》なふたりだ。あいにく、現状は好奇心が勝っているといった風情がひしひしと伝わってくる。

この非常事態にと、しかめっ面を隠さないまま、光玲は憮然とうなずいた。

「……御意」

主《あるじ》の命とあらば、聞きいれざるをえない。

刀から手を離し、慎重に男のそばへ行った。その際、ついてこようとしていた親子に、ここにいるようにときつくしっかり釘《くぎ》を刺すのは忘れなかった。つまらんと帝が文句を言ったが、聞こえないふりをする。

うつ伏せに倒れている不審者の近くに、光玲が片膝《かたひざ》をついた。帝の言葉どおり、ぐったりした様は死体のように見える。

固唾《かたず》を呑んで息をたしかめると、呼吸の証《あかし》に細い肩が微《かす》かに上下していた。

「御上。この者、息がございます」

「ひとまずは、よしだな」

告げたあと、光玲は思いきって手を伸ばし、細い首筋に触れてみた。温かいし、脈もあると確認する一方で隙なく警戒をつづけたが、不穏な動きをみせる素振りはなかった。そこで、今度は倒れている男を抱き起こしてみる。

自らの腕に仰向《あおむ》けで抱き支え、あらためてしげしげと眺めた。

「この格好は…」

腕の中の男、というか、まだ若そうな青年はなぜか神に仕える者の装束を纏《まと》っていた。しかも、その容貌《ようぼう》たるや美麗極まる。

光玲が見てきたどんな人間よりも、艶麗《えんれい》な雰囲気だ。目を閉じていてさえこうも麗しいのなら、

瞼を開いたときの艶やかさは想像に難くない。

短髪なのは珍妙だが、それを差し引いても青年は美しかった。もののけにしては、邪悪な気配もまったく感じられず、どちらかといえば澄んだ清廉な気配すらあった。

なんとも不可思議で光玲が首をひねっていると、待ちきれなくなったらしい帝と東宮がそばにやってきた。

「ほう。これは雅《みやび》な男だな」

「若いね。泰仁《やすひと》くらいかな」

青年の顔を覗《のぞ》きこんで、それぞれが感想を漏らす。

泰仁とは帝の二の宮で、今年二十一歳になる東宮と三歳違いの同腹の弟宮のことだ。おっとりした性格の二の宮は優しい兄を殊のほか慕っていて、東宮も弟を可愛がっており、兄弟仲がとてもよかった。

「……おふた方とも、私は近づいてよいとは申しあげておりませんが」

接近許可を出していないのにとやんわり詰《なじ》られようが、帝は気にするどころか硬いことを言うなと光玲の肩を檜扇《ひおうぎ》で叩《たた》いていなした。

「しかし、神職装束とはまた意味深な。雰囲気自体も清浄そのものだ」

「現れ方も神がかり的だったしね。あんなの、見たことも聞いたこともないよ。本当に悪いモノなのかな」

東宮の素直な台詞が決め手となり、もしかして神の使いかもしれないとの推量もなきにしもあらずだと帝が呟いた直後、帝と目が合う。

思いきり嫌な予感がした光玲は、なにか言われる前に『嫌です』と答えたくなったが、立場的にできなかった。

「とりあえず、光玲」

「はい」

「そなたにこの者をあずける」

「そ……」

案の定、まる投げだ。可愛い捨て猫を拾ってきたものの、飼うのはちょっと面倒だし無理。でも、猫とは遊びたいから、世話をお願いといった具合か。

なにを頼まれても、断れないのが臣下のもの悲しさである。ほとんど諦観《ていかん》の心境を噛みしめながら、光玲の眉間《みけん》に皺《しわ》が寄った。

「……御意」

「報告は詳細にな。それと、ことがことだ。極力内密に頼む」

「承知いたしました」

困ったお方だと思う反面、御所にこの不審な青年を放置するのも心配ゆえに、どちらにせよ自分が引きとるしかない。

側近とは名ばかりの、貧乏籤《くじ》引き役な気がして愚痴のひとつも言いたくなった。

「うん？　これ、なんだろう」

ふと、東宮がなにかを拾いあげる。

視線を向けた先で、長細い紙を手に東宮が首をかしげていた。光玲がとめる間もなく、躊躇《ちゅうちょ》なしにそれに触れた帝が眉をひそめた。

「巻物のようだな」

「この者と一緒に落ちてきたのでしょうね。ここにはこんなものはなかったのだし」

「ふむ」

「……御上、東宮。後生ですから、正体不明のものにそうも気軽に触れないでいただけませんか」

危なっかしすぎて心臓に悪い無警戒すぎるふたりに、心底げんなりした。

護る側の努力をことごとく無駄にされて、遠くを見る目になった光玲を後目に、帝はその巻物を丸めた。淡い緑色の筒状になったそれを手に、穏やかに微笑《ほほえ》む。

「これはこちらであずかっておく」

「いえ、御上。万が一のことがあっては…」

胡散《うさん》くさいモノをここに置いてはおけない。

毒を喰らわば皿までの心境で、厄介ごと全部、自分が引き受ける。

「かまわん。光玲はその者を頼む」

有無をいわさぬ帝の笑顔に、結局は光玲が折れた。その後、なるべく人目につかないように青年を自らの屋敷へ連れ帰る。

牛車《ぎっしゃ》を動かす舎人《とねり》たちの目は、どうにかごまかせた。横抱きにした青年の華奢《きゃしゃ》な身体に薄衣をかけ、帝に賜った琵琶《びわ》だと言ったのだ。それならば、畏《おそ》れ多くて誰も手も口も出せない。

乳兄弟で側近の悠木《ゆうき》には、青年の存在を話した。屋敷内では、さすがに光玲ひとりで世話しきれない。光玲自身が高級貴族であり、悠木や側仕《そばづか》えの女房らに身支度をはじめ給仕されている立場の人間ゆえだ。

三条邸《さんじょうてい》と呼ばれる光玲の屋敷はまだ新しく、贅《ぜい》を凝らした邸宅だった。両親と弟が住む実家よりは多少狭いが、友人からは充分広いと驚かれる。

この邸《やしき》の北対《きたのたい》へ、悠木に手伝わせて青年を寝かせた。自分が普段いる対にも近い。

「こちらの対への出入りを家人に禁じるとなれば、光玲さまが訳ありの姫でも隠していると噂《うわさ》になりそうですね」

悪戯っぽい表情で悠木が笑った。

しっかり者で面倒見がいい乳兄弟は、光玲の生活を公私ともに把握している。ときどき口やかましいが、信頼できる側近だ。

「それこそ、今さらだな。今日も、御上に相変わらず盛んだとからかわれたばかりだ」

苦笑まじりに答える口調は、相手が悠木とあっていくぶん砕けているとはいえ、そこはかとなく気品が漂う。

「おや。畏れ多くも御上ともあろう御方が、情報が少々古いですね。その姫君とはすでにお別れになったのに」

「しょせん、噂だからな」

光玲にまつわる恋の話は山ほどあっても、真実ばかりとは限らない。

文のやりとりだけの清らかな関係もあるし、将来期待の光玲を婿にほしい女性側が故意に噂を流す例もある。いちいち否定して回るのも面倒なので、放置状態だ。

話しながらも、光玲は悠木の手を借りて着替えをすませた。参内用の束帯姿から普段着の直衣《のうし》姿になったところで、悠木を下がらせて早速、青年のそばに座った。脇息に片肘をかけ、じっくりと白い顔を見つめる。

いったい、この青年は何者なのか。あんな非常識な現れ方をする時点で、要注意人物なのは間違いない。そもそも、自分の目で見ていなければ、信じ難い出現方法だ。

虚空が裂けて、その狭間から人間が降ってきたと誰かに聞かされても、半笑いで『寝言か？』と思うだろう。

しかし、あれは光玲の目前で起こった。

己で見聞きしたことに関して冷静に判断し、信じる光玲は現実主義者だ。今回の件も、本来なら管轄的に寺社仏閣、もしくは中務省《なかつかさ》に属す陰陽寮《おんみょう》が適任な気がしないでもないが、帝直々の申し出だ。

一任されたからには、きっちり対処する。

「御上は時折、気まぐれがすぎる…」

「う」

「！」

光玲の嘆きに重なり、青年が小さく声を漏らした。即座に緊張が走る。

気づいた途端、やはりもののけで、呪詛を吐き散らすなどあるまいなと身構えた。

「……ん」

低く呻《うめ》いた青年の長い睫毛《まつげ》が震え、おもむろに瞼が開く。現れた双眸は想像に違《たが》わず美しく、輝きに満ちていて、光玲の瞳《ひとみ》よりもかなり色が薄いのが神秘的に映った。

ようやく目覚めた青年は、しばらく呆然《ぼうぜん》と瞬《まばた》きを繰り返した。恐れていたような、あやかしめいた行動もなくひとまず安心する。

ゆっくりと視線を巡らせる青年と、そばに座る光玲の視線がほどなく合った。

澄んだ眼差《まなざ》しに警戒心も忘れ、思わず片手を伸ばしてなめらかそうな頰に触れる。

「気分はどうだ」

「!?」

直後、勢いよく上体を起こした青年から、かけてやっていた衣がはらりと落ちた。

気がついても、秀輔の意識はまだいささか混濁していた。なにせ、最後の記憶が宝物庫での異様なできごとである。

巻物の中に吸いこまれるなんて、映画や小説ではあるまいし、馬鹿馬鹿しい。きっと、矢沢のことで精神的にかなり参っていたに違いない。あるいは、掃除中になにかで頭を強打、それで転倒でもして、打ちどころが悪くて彼岸を彷徨《さまよ》っているのだろうか。というか、やはり霊験所直轄エリアの掃除をさぼって文献を読み耽《ふけ》ったりしたから、若い身空で涅槃《ねはん》に行くはめになったりするのか。

今頃反省しても遅いけれどと思う一方で、こんな見知らぬ天井やら室内を脳内制作する暇があったら、もっとしゃっきりしろと自分を叱りつける。とはいえ、感覚はやけにはっきりしていて妙だった。

調度品の色彩や精緻《せいち》さはおろか、馥郁《ふくいく》たる香りまで認識できる。彼岸でも五感はフル活動させられるらしい。

ああ。この香りはたしか、伽羅《きゃら》だ。はるか昔、高貴な人のみが身に纏っていた最上級の香である。なんと、臨死体験の舞台は秀輔が大好きな中世日本の世界らしい。この時代のことなら、大抵のことは頭に入っている。

さすが、俺。ただでは三途《さんず》の川も渡らないというか、こういう場面でさえ学術的で無駄がない。

よく聞く花畑版よりも、秀輔には中世のほうが断然いい。

そういえば、あの調度類もまさにその頃のものらしく実に素晴らしかった。

よし。よくわからないが、とりあえずはこの状況を心ゆくまで堪能《たんのう》しようと身じろいだ瞬間、秀輔は固まった。すぐ間近に人がいたのだ。しかも、全身平安貴族の格好で、ご丁寧に烏帽子《えぼし》をかぶり、片手には扇も持っている。

可愛らしい和小物やキャラクターグッズが大好きな秀輔のセンサーが、雅やかな模様の扇子に目聡《めざと》く反応した。同時に、彼岸の案内人らしき人まで平安調なのかと自身の徹底ぶりに呆《あき》れたとき、甘い低音で気遣いの台詞をかけられ、頬に触れられて驚く。

咄嗟に、ぎゃあと叫びそうになった。感触が思った以上にリアルすぎてびっくりして跳ね起きる。ようやく思考がはっきりしてきたのはいいが、眼前の男にさらに近寄ってこられて息を呑んだ刹那《せつな》、伽羅の香りが秀輔の鼻孔を強くくすぐった。

「急に動いて、大丈夫なのか？」

「あ、うん。ええと……痛っ」

もしかして、あの世ではなく現実かと秀輔が気づく。たしかめるために自分の太腿《ふともも》を力いっぱい抓《つね》ってみたら、普通に痛くて顔を歪めた。

「どうした。やはりどこか痛むか？」

凛々《りり》しい眉をひそめて、男が言う。よく見ると、彼は類稀《たぐいまれ》な美丈夫だった。

涼しげな目元や口角が上がりぎみの薄い唇が印象的で、大人の色気抜群だ。

孝宏もイケてる部類だが、この彼もレベルが高い。兄は冷艶《れいえん》、こちらは優美といった違いはあれど、相当な美形だ。ただし、平安貴族コスプレはちょっといただけない。

似合ってはいるものの、こだわりがすごすぎて微妙というか。それ以前に、ここはどこだという根本的な疑問にぶつかった秀輔が単刀直入に訊《き》く。

「痛いところは別にないけど。それより、ここってどこ？　ついでに、おまえ誰？」

「……それは、私に訊《たず》ねているのか？」

「ほかに誰がいるのさ」

なぜか驚いたように双眸を瞠った男に、秀輔が胡乱《うろん》げな顔になる。奇妙な表情で押し黙った彼に答えを促した。

「俺、うちの宝物庫で掃除してたはずなんだよね。なんかの弾みで寝てる間に、知らない家に連れてこられてびっくりなんだよ」

「……そなたの言うことは、いささか理解しかねるが…。ここは私の私邸で、左京三条にあるせいもあって三条邸と呼ばれている。そして、私は左大臣・仲野光重の子にして頭中将、仲野光玲という」

「はあ？」

あまりにも現実離れした返答に、秀輔はぽかんとなった。真顔で堂々と奇天烈《きてれつ》な台詞を言いきられて、気はたしかかと訊いていいものかどうか、さすがに迷う。

「耳が悪いのか。仲野光玲と言っている」

「や……聞こえてる、けど」

おまえの頭の中身が心配と口をついて出そうなのを、どうにか別の台詞にシフトする。

「あ〜……なに大臣だって？」

「左大臣だが、それは父だ」

「…まさか、本気で言ってるんじゃないよな」

「事実を告げているだけだが」

「……病んでる？」

どうしよう。この人、超絶男前だけど独特すぎておかしい。平安人のなりきりっぷりも半端ではなくてついていけないと、秀輔は失笑しそうになった。

左大臣って、いつの時代だと内心つっこみも入れまくりだ。現代日本にそんな大臣ポストは存在しない。下手をすれば、小学生だって知っている常識で、無論、頭中将という役職もない。

中世日本に関する知識はそれなりにあるのだろうが、自分以上の平安馬鹿発見だ。

せっかくかっこいいのに残念すぎると嘆息する。

「おまえさ、コスプレ趣味も大概なのに、平安かぶれ激しすぎじゃない?」

「ところどころ理解不能だが、軽く貶《おとし》められているのはなんとなくわかるな」

不愉快げに顔を顰《しか》めた男・光玲を見て、違うのかと秀輔が首をかしげる。

「じゃあ、バイトでその格好してるとか? まあ、それが一番妥当な線かな。個人でそろえるにしては、小道具類も凝ってるし」

「面妖《めんよう》な台詞の数々はともかく、そなた、名はなんという?」

微妙に噛みあわない会話の中、扇子でこめかみを押さえた光玲が深い溜め息をついて言った。

アルバイトにしては、まだ素に戻らない根性は天晴《あっぱ》れだ。

「俺は三浦秀輔。あ、そうだ。今、何時? なんかうっかり寝てたみたいだから、もう昼めしの時間過ぎてるよね」

そこで、はたと思いだした。おそらく掃除をさぼったと兄に叱られる。昼食ぬき決定だとうんざり前髪をかきあげた秀輔に、淡々と答えが返った。

「巳《み》の刻(午前十時頃)だが」

「み? って、もう平安貴族ごっこはいいってば。めんどくさいから、普通に現代バージョンで話してよ」

「そなたこそ、なにを言っている?」

「意外にうざいね。二十一世紀のごく一般的な日本語でしゃべれって話」

「……二十一世紀の、日本…？」

怪訝《けげん》な顔つきで鸚鵡《おうむ》返しに呟いたあと、考えこむように沈黙した光玲に、最初はふざけているだけと思っていた秀輔だが、徐々に心配になってくる。

あらためて、室内を見回してみた。

広い部屋は全面フローリングで、真ん中付近に畳が二畳分置かれている。その上に、秀輔と光玲はいた。ほかに、几帳《きちょう》や燈台《とうだい》、暖をとるための火桶《ひおけ》、香をたくのに用いる香炉などがある。

すべて、平安時代の上流貴族の屋敷にある立派な調度類ばかりで、どれもが贅沢な造りになっている。復元品でなければ、国宝級の逸品に見えた。

自分にかけられていた衣も、高位の貴族が身につけることを許されたという紫色だ。これにたきしめられた香りと香炉から漂う伽羅の香りをあらためて意識して、秀輔はぎくりとなった。

光玲は、父親は左大臣と言った。自身も頭中将だと。それは、当時ならエリート中のエリートだが、そんなまさかとかぶりを振る。

荒唐無稽《こうとうむけい》な脳内の仮定を、即座に破棄した。

本物の平安貴族を目の当たりにしているなど、絶対にあるわけがない。芝居に決まっている。騙《だま》されるな、落ち着け自分と深呼吸しかけて、光玲に視線をやった秀輔が小さく悲鳴をあげた。

烏帽子の下、彼の髪がきっちり結いあげられていた。生え際あたりを何度もガン見したが、ズラ疑惑は脆《もろ》くも崩れる。

恐ろしいことに、地毛である。いくら無類の平安オタクでも、そこまでやるとは思えなかった。

嘘だろうと喚《わめ》きたいのをこらえて、秀輔がおそるおそる訊く。

「あ、あのさ……ちなみに、今って西暦何年?」

「西暦?」

「えっと、その……暦はいつかなって……」

「ああ。天和《てんわ》十二年、如月《きさらぎ》だ」

「て⁉」

今度こそ、大絶叫したくなった。天和という元号はまさに平安時代真っ只中《ただなか》で、現代からは千年以上くだる。

動揺しつつも、秀輔はまだなにかの間違いだと光玲に食いさがった。

「嘘つかないでよ。そうだ。あれだよな。おまえ、観光客相手にドッキリ企画やってる役者かなんかだよね?」

「私は嘘などついていないが」

「冗談きつすぎ。ほら、さっさと洋服に着替えなって。ここが映画村みたいなテーマパークなのはわかってるんだから」

「そなた、秀輔といったか。少し落ち着いてはどうだ」

「いいから、責任者を出してくれる?」

「この邸の責任者は私だ」

「……っ」

冷静な態度の光玲とは逆に、秀輔は狼狽と混乱の極みにいた。

思いつくそばからなにを訊ねても、自分が欲しい答えはなくて不安はいや増す。こうなればと、いきなり立ちあがって光玲の制止も聞かずに部屋の入口へ走り寄った。

秀輔がよく知る現代の家とはあきらかに違う構造に戸惑《とまど》いながらも、外が眺められる場所へ飛び出る。

「そん、な…っ⁉」

嘘だと、呆然と呟いた。眼前に広がるのは、見知らぬ風景だった。

手入れされた庭の向こうの塀越しに、近代的な高層建築がひとつも見当たらない。なにより、空気が全然違っていた。ありとあらゆる現代的要素がいっさい排除された景色といえばいいか。

日常生活で、ごく自然に目につくはずの舗装された道路や電線、ビルや看板や街灯、自動販売機などがまったく視界に入ってこないのだ。当たり前に聞こえていた自動車や電車の音、行きかう人々の話し声、騒音すらなくて愕然《がくぜん》とした。

目につくものといえば、ひたすら青く澄んだ空と庭の木々と池だけだ。

秀輔が知る世界とはあまりにかけ離れた光景に惚《ほう》けて立ち尽くす腕を、背後から強く引かれた。

抗う気力もないまま、室内に連れ戻される。

「外はまだ寒いのに無茶をする」

吐息まじりの光玲に、火桶のそばへ連れてこられた。言われてみれば、身体の芯まで冷えきっている。

異常事態に遭遇し、血の気が引いたせいだけではなかったらしい。それにしても、年末だった向こうよりもずいぶん寒いと思う秀輔が、小刻みに震えだした。

自身に降りかかった災難が信じられない。いや。信じたくなかった。だいたい、巻物経由で時を越えるだなんて、非常識にもほどがある。あまりにお手軽すぎやしないか。

タイムスリップってもっとこう、仰々しい乗り物とか使って、秘密機関で科学者が組んだ難解なプログラムを操って初めて可能になるシステムではないのか。あんな、ぺらっぺらの紙一枚でなんてどう考えても胡散くささ全開だ。

いやいや。そんなことより、自分はこれからどうすればいいのだろう。

いきなり違う時代へ抛《ほう》りこまれた上、誰ひとり知っている人もいないなんて、さすがの秀輔も心細くてたまらない。

「こんなに震えて。まあ、薄着だからな」

「え……わ!?」

次の瞬間、秀輔はふわりと温かさに包まれた。あろうことか、火桶のそばに座った光玲の胸元に抱きこまれている。

「な、なにす…っ」

「そなたは一応、大事なあずかりものだ。凍死させるわけにはいかないのでな。私の体温で温めてやろう」

「いいって。雪山で遭難じゃあるまいし」

「おとなしくしろ。ああ。手が氷のようだ」

「そ……」

大きな手が秀輔の右手をとり、手全体をくるんだ。さらに彼のシャープな頬に持っていかれ、添えるようにされて絶句する。

胡坐をかいた膝上に横抱きにされ、美貌を間近にしてうろたえた。

光玲は体温が高いらしく、たしかに温かくて人間カイロにはちょうどいいが、男ってどうなんだと微妙に腰が引けた。

見つめられて、不意に乱れ打つ鼓動については深く考えない。かわりに、不安を打ち消すようにあらためてこちらの世界のことや生活を問うた。

実家の三浦神宮とその住所、近隣情報など、思いつく限りの身近な人々の名前も知っているか訊ねる。けれど、答えはすべてノーで、どんより落ちこんだ。普段の秀輔の強気な態度も、さすがになりをひそめる。

「……やっぱり、これってマジでタイムスリップなんだ」

「なに？　たいむす…？」

今度は左手を温めてくれながら、光玲が訝《いぶか》しげに片眉を上げた。

言っていいのかどうか、逡巡《しゅんじゅん》する。言ったところで信じてもらえないとも思った。

自分自身がまだ半信半疑なのだから、彼にしたら突拍子のないつくり話だろうが、頼れる相手はほかにいない。

躊躇《ためら》う秀輔を、光玲もまた優しく促す。

目が覚めて以降、失敬にも彼を正気でない人扱いした己を今頃になってちょっぴり反省した。考えてみれば、最初から自分の話を聞いて、きちんと答えてくれていた人だ。

混乱ぎみに喚かれて閉口もしただろうに、怒らず宥めてもくれた誠意的な光玲の対応に縋《すが》るべく、秀輔が口を開く。

「実は俺、未来から来たんだ」

「なんだって？　みらい？」

「つまり、今じゃなくて、千年以上先の時代から飛ばされてきたっていうか」

「……そうか。そなた、頭は弱かったのか」

「く」

せっかく完璧《かんぺき》な美貌を神から授けられておいてかわいそうにと、真顔で気の毒がられた秀輔が双眸を据わらせる。

「俺にも身に覚えがある分、怒れないのがいらっとするかな」

同じ理屈で光玲を散々馬鹿にしたつけが一気に回ってきて、因果応報と悔しさを噛みしめつつ、歯軋《はぎし》りしたい気持ちでつづける。

「おまえが信じられないのもわかるよ。でも、ほんとなんだから仕方ないだろ。俺は、この時代の人間と違う」

「そう言われてもな」

「俺だって信じたくない。もとの時代に帰りたい。ここは俺の世界じゃないし、家族も友達もみんないないなくて、俺ひとりだけなんて！」

「秀輔」

「俺っ……俺、どうすれば……帰れるの…？」

最後の台詞は、不覚にも涙声になった。

押しつぶされそうな不安で唇を噛みしめ、知らず光玲の腕を縋るように摑《つか》んでいた。

なぜ、自分の身にこんな厄災がと途方に暮れる。身の置きどころがない不安定さもだが、誰ひとり知人がおらず、甘えられる相手もいない事実がひどく心もとなかった。

気をぬくと、嗚咽《おえつ》が漏れそうになる己をこらえて目を伏せる秀輔の眼前が一瞬、翳《かげ》る。

「!?」

「泣くな。そなたがなにやら心底困っているのは、私にもわかったゆえ」

超至近距離で、光玲と視線が絡んだ。

穏やかな微笑みにうっかりうなずきかけたが、待て、今、こいつ、しれっと目尻《めじり》に吸いつきやがったと秀輔が口元をひくつかせた。

男に抱っこ状態なのも噴飯ものなのに、キスなんて冗談じゃない。普通の男なら不愉快になるだけですんでも、自分の場合は矢沢の件があるので宣戦布告と看做《みな》す。

戦の狼煙《のろし》をあげる気満々で光玲を睨《にら》み、まずは舌戦からと罵倒《ばとう》を口にする寸前、彼が秀輔の髪を優しく撫でた。

「悪いようにはしないと誓おう。私の懸念はどうやら杞憂《きゆう》だったようだしな。だから、そなたはいたずらに不安にならず、私を頼れ」

「え？」

予想外の台詞に啞然となり、つい怒りも削《そ》がれた。ただ、光玲の鷹揚さと真摯《しんし》さが不思議と伝わってくる。

もしかしなくても、慰めてくれているらしい。パニックになって取り乱し、困り果てた秀輔を見て、たぶん不憫《ふびん》になったのだろう。

なんだ。下心満載の矢沢の接触とは、根本的に違っていたようだ。変態と同列に扱って悪かったと思いながら、おずおずと言う。

「ありがとう。おまえ、いい人なんだな」

「いい加減、きちんと名前で呼べ」

「あ、うん。じゃあ、光玲ね。名字の仲野でもいいけど、どっちにする?」

「……とりあえず、光玲でいい」

いささか妙な顔つきをされたが、秀輔は気にしなかった。

左大臣家の跡取り息子かつ帝の覚えもめでたい光玲を呼び捨てることが、ある意味暴挙という自覚もない。あくまで、自分がいた世界の基準とか感覚だ。

「たしかに、そなたは変わっているな」

苦く笑う光玲にムッとした秀輔を宥めて、彼がたわいない話を始めた。

巧みな話術に惹きこまれ、次第に緊張感や警戒心がとけていく。ときどき、秀輔の肩や背中を抱く腕に力が込められても嫌ではなかった。心配するなという光玲の気持ちの表れだと思ったし、光玲自体にも徐々に慣れる。

「そういえば、昼餉《ひるげ》がまだだったな。秀輔、腹は減ってないか」

「え、ああ。減ってるけど」

しばらく談笑したあと、唐突に訊かれた。素直にうなずくと、光玲が『悠木』と誰かを呼び、すぐに二十代後半くらいの若者が姿を見せた。

光玲の腕中の秀輔を見たが、動揺もしない。笑みすら湛《たた》えて自己紹介され、秀輔のほうがしどろもどろに挨拶《あいさつ》を返す。

光玲の乳兄弟と聞いて驚いている間に、食事が整えられた。このまま食べさせてやろうかとの彼の戯言《ざれごと》は却下して、火桶を囲んで隣りあって食べた。

食後も、光玲とたくさん話した。正確には、秀輔が一方的にしゃべって、彼は聞き役に回っていたが。なぜなら、少しでも気を紛らわせていないと、孤独感と不安に苛《さいな》まれそうで怖いのだ。だから、しばらくして席を外そうとした光玲の衣の袖《そで》も咄嗟に摑む。

「どこ行くの？」

「すぐに戻る」

「トイレでも、俺ついていくよ」

「といれ？」

「あ」

そうか。和製も含め、カタカナ英語は基本的に通じないのだった。とはいえ、秀輔の日常会話に溶けこんでいる横文字を使わずに話すのは、かなり難儀だ。

トイレだの、ドアだの、無意識で使う単語は案外多い。言う前に、脳内変換がいちいち必要なのか。なんのゲームだ、面倒くさいと内心げんなりしながらも、眉を寄せた光玲に『ゆまる？』とうろ覚えのトイレに該当する古語で言い直した。

即座に違うと溜め息をついた彼が、所用だと答える。それでも、ひとりになるのが嫌な秀輔は衣を離さなかった。

ついに光玲が根負けし、腰を下ろす。優しい人だと、光玲の好感度がさらにアップする。右も左もわからない世界で、最初に会ったのが彼でよかった。落ちた場所如何《いかん》では、ひどい目に遭った可能性もある。

この時代は案外、治安が悪かったりしたらしいので、せめてもの救いといえた。その後、互いのプライベートな情報を交わすうちに、いつの間にか時間が過ぎていた。

冬場の陽の入りは早い。光玲が再び悠木を呼び、夕食の準備を頼んで秀輔に向かって微笑みかけた。

「私は自室に戻るが、そなたは夕餉《ゆうげ》を食べてゆっくり休むといい」

「でも、まだ全然眠くないし……って、晩めし早くない?」

「屋敷の者は皆、そろそろ休む時間だが」

「そ……」

ここは病院か。もしくは刑務所かと秀輔は低く唸《うな》った。太陽のサイクルにあわせた規則正しい生活に眩暈を覚える。

知識として彼らの暮らしぶりは承知だが、実体験となるとすごいというか、よく文献や物語に出てくる宴《うたげ》はないのか。まあ、タイムスリップ記念宴とか催されても、人の不幸を肴《さかな》にするなと取っ組みあいの喧嘩になりそうだけれど、いくらなんでも早寝すぎる。

こんな時間からよく眠れるなと真顔で問いたい。もといた世界では、限りなく宵の口レベルである。赤ん坊や年寄りだって、あと少しは起きているのではなかろうか。

軽いカルチャーショックにこめかみを手で押さえながら、秀輔が呻いた。

「光玲は、もう寝るの？」

「いや。私は今しばらく起きている」

「じゃあ、ここにいていいじゃん」

「わかった。用事をすませ次第、様子を見にこよう」

「だったら、俺が光玲の部屋に行く。で、晩めしも一緒に食べればいいよね」

「秀輔」

「とにかく、俺も連れていって」

これは譲らないと駄々をこねる。

こんな広い部屋に置き去りにされるのは御免被る。夕闇が迫る分、暗所恐怖症の秀輔は切実だ。ひとりになった途端、大地にめりこむ勢いで落ちこんで浮上できなくなりそうなのも怖い。

数秒の睨みあいの末、今回もまた光玲が苦笑まじりに譲歩してくれて、おもむろに秀輔を促して立ちあがった。

「いいの？」

「そんな迷子の子猫みたいな目で見つめられてはな。私が折れるしかあるまい」

「なっ」

「ほら、行くぞ」

揶揄されてカッとなった。誰が子猫だと摑みかかって猛抗議しようとして、彼が意外に長身なことに気づく。現代人の平均である自分を軽く上回っていた。

軽く見上げないと視線が合わない光玲は、おそらく一八〇センチを優に超えている。この時代では規格外の高さだと目を瞠った。

文句を言う機会を逸したまま、秀輔は彼に連れられて部屋を出た。

廊下を歩いてすぐ、光玲の自室に着く。その間、人目避《よ》けにまるで包みこむように肩を抱かれていたが、寒さ対策と勘違いを炸裂させた。

「うわ、広っ」

調度品も豪華で充実している彼の部屋の一画で、ふととても愛らしいものが秀輔の目を惹いた。

美しく鮮やかに色を塗られた貝殻がいくつもあり、思わずそこへ駆け寄る。

「すごい！　本物の貝合わせだ!!」

平安時代の貴族の姫君の遊具だ。同じ絵柄のふたつの貝殻を合わせる遊びで、現代だとトランプの神経衰弱と似たルールか。

「実物、超可愛い。ねえ、触ってもいい？」

「かまわんが、秀輔はやはり変わっているな」

女人向けの一品なのにと光玲に笑われたが、かまわなかった。なんでも、これは光玲が幼い姪《めい》にあげるために用意したらしい。

そういえば、彼の姉は東宮妃といっていた。弟は未婚だから、ということは、これは内親王用の贈り物かと思いいたり、さすがにべたべた触るのは控える。

「はあ…。こんなのを見ると、目と脳がビタミン補給された感じで潤っていいよね」

このときばかりは、不安も忘れて嬉々《きき》として呟く。光玲にせがんで貝合わせにつきあわせ、少しだけ遊ばせてもらった。そうこうするうちに、悠木が夕食をセッティングしにきたため、名残惜しげに貝殻を片づける。

燈台にも火が灯《とも》され、食欲はあまりなかったけれど、箸《はし》をつけた。

食事を終えた頃にはすっかり陽は暮れて、外は闇に包まれていた。灯りがあるといっても秀輔が知る明るさではなく、蠟燭《ろうそく》の灯火《ともしび》程度だ。いわば、間接照明である。

あいにく、『ムーディで素敵』と感じるロマンティック脳は装備していなかった。せいぜい頑張って、『怪談の舞台にうってつけ？』くらいか。

あとは、これで読書したら視力落ちまくりとか、迂闊に光が届かない部屋の隅に行ったら虫を踏んづけそうで嫌とか、現実思考オンリーだ。なにより、とんでもなく闇が深くて、秀輔には拷問である。

「さて。休むか」

「え？」

夜中のトイレはどうしよう。光玲を叩き起こしてつき添わせるかと真剣に悩んでいたところへ、彼が言った。

食後、光玲は悠木の手を借りて白い夜着に着替えていた。烏帽子もとった姿は新鮮の一言に尽きる。秀輔も、自前の袴一式から借りた着物に着替えた。浴衣《ゆかた》で寝る気分だ。

「明日は早めに出かけるからな」

「でも、さっき用事があるって言ってたよね」

「ああ。もういいんだ」

「ふうん?」

光玲と秀輔の寝床を整えて、悠木は部屋を出ていった。ほぼつきっきりで光玲の世話を焼く様に、こっそり関心を抱いている。

身分制度がある時代とわかっていても、直《じか》に体感する主従関係は興味深い。

几帳を仕切りに、各々が床へついた。この几帳の布もきれいな色と柄で目に楽しい反面、真っ暗は勘弁と思い、枕元《まくらもと》近くに灯《あか》りをつけたまま燈台を置いてもらった。

火桶でいくぶん室内は暖まっているが、エアコンに慣れきった身体には酷だ。しかも、人一倍寒がりな秀輔である。加えて、沈黙が不安を煽《あお》って眠れず、今後のことを考えると、余計に目が冴《さ》えた。

一時のようなパニック状態は、光玲のおかげで抜けだせた。精神的に不安定な中、彼が優しくしてくれてとても助かっている。

なんとか、現代に帰る方法を探そうという前向きな気持ちにもなれた。かといって、実際はどうすれば見つかるのか見当もつかずに気鬱《きうつ》だ。

神経が昂《たかぶ》り、暗闇の怖さと寒さのためだけでなくまんじりともできない。寝返りを打っては、溜め息ばかりを繰り返す。

家族や友人のことを考えて、いちだんと寂しさは募った。不安で胸が張り裂けそうで泣きたくなったが、すぐそばに光玲がいる状況ゆえに我慢する。

何度目かの溜め息を秀輔がついたとき、不意に声をかけられた。

「秀輔。眠れないのか」

「あ……うるさかった？」

ごめんと謝ると、光玲がかまわないと言って身じろぐ気配がした。次いで、悪戯っぽい声音がつづく。

「眠れないなら、私が添い寝してやろうか」

「ば……よ、余計なお世話だよ」

「遠慮しなくていいぞ」

「却下だし…って、な!?」

突如、几帳がずらされてぎょっとする。

冗談と思っていた分、反応が遅れた秀輔に笑いながら、彼が自らの寝床を出て隣に滑りこんできた。

「ずいぶん冷えているな。これでは眠れまい」

「ちょっと。脚を絡めないでくれる？」

「本当に細いな」

「離せってば！」

光玲にすっぽりと抱きしめられて焦った。

胸板を両手で押し返すが、びくともしない。秀輔の背中に回った大きな手が意味深に腰を撫でたあと、尻を揉《も》んだ。

「げっ」

おまえもやっぱり変態かと、光玲の気道を塞《ふさ》いでやりたい昏《くら》い欲求に駆られる。半眼を閉じた怒り心頭の表情で、秀輔が低く唸った。

「男同士でなんのつもりだよ？」

「添い寝だけのつもりだったが、気が変わった。だいいち、秀輔。寝所ですることといったら、決まっている」

「勝手に決めるな、馬鹿野郎！」

しかし、秀輔の抵抗もなんのその、光玲に余裕の笑顔で押さえこまれたあげく、ついでというふうに言われた。

「それにしても、妙なことを気にするんだな。同性同士だって別に普通だろうに」

「そ……」

しまった。この時代は、そこらへんの貞操観念がかなりユルい社会だった。その上、同性愛に対しても現代とは比較にならないほど非常に野放図、いや、寛容なはずだ。生活サイクルの違いで驚愕など、まだ生温《なまぬる》かった。

「私が気持ちよく眠らせてやる。任せておけ」

「任せられるか!!」

いたってノーマルな性癖の秀輔は、同性と不適切な関係を持ちたくはなかった。それが嫌で矢沢の猛攻からも逃げまくっていたのだ。

「やめっ……離せよ!」

「まさか、閨事《ねやごと》は初めてなのか?」

「男とやる趣味がないだけっ」

「そうか。では、なるべく優しくしよう」

「人の話を聞いてたかよ」

「ああ。同性とは未経験らしいな」

「そこじゃな……あぅ」

組み敷かれた脚の間に手を入れられ、下着に手をかけられて、狼狽にへどもどする。ある意味、無防備な着物なのも災いし、あっさり裾《すそ》を割り開かれて光玲の眼前で生足全開にさせられた。

「本気でパンツも脱がす気かっ」

「ぱんつ？　というのか、この変わった布は」

「ぬ……」

この状況で、悠長に下着の説明をしている余裕はない。と言っている間も、おもしろそうな表情を湛えた彼の手はとまらなかった。

秀輔のボクサーショーツを手早く脱がせ、性器を直に握る。

「や、嫌だ！」

「では、口でするほうがいいのか？」

「……おまえ、エロ貴族決定だな」

「名前を呼べと言っている」

「ひぁう」

さらりと淫猥《いんわい》発言をされてドン引きしてすぐ、的確にツボをついて扱《しご》かれて身をよじった。脚を閉じようにも、光玲が間にいてできない。気づけば上半身もはだけられて、首筋や鎖骨に顔を埋められた。

ちくりと痛いのは、素肌を吸われているせいだ。痕《あと》をつけるなと騒いだら、かえってわざといくつも残された。

「光玲、やめ…っ」

「吸いつきたくなるような肌だけでなく、罪つくりなほど美しすぎるそなたが悪い」

「罪つく……!?」

聞き間違い、もしくは変則的な言葉責めかと思ったが、なおも同様の賛辞を贈られて光玲の本心とわかった。

愛撫《あいぶ》しつつ、直截《ちょくさい》な大絶賛をめいっぱい浴びせられて調子が狂う。

なるほど。これが本場のエロ公達《きんだち》の実力か。メイクラブの手管も堂に入っていると驚嘆している場合ではない。早く逃げなくてはと抗うものの、秀輔の股間《こかん》はもうのっぴきならぬ状態へ追いこまれていた。

「っく……手、離っ…ぁ」

「こらえずに出せ」

「や、だ……っう」

「こら。唇を噛むな」

「んっ!?」

切れるだろうと囁《ささや》いた光玲の端整な顔が迫り、そっと唇が舐《な》められる。

驚いて思わず唇をほどいたら、今度はしっかりとキスされてしまった。うぎゃあとあげかけた絶叫は、するりと入ってきた彼の舌に搦《から》めとられた。

動揺のあまり、口内を蹂躙《じゅうりん》する舌へ噛みつくこともできないまま、秀輔は卓越したキスの技巧に翻弄《ほんろう》された。

大変不本意ながら、巧い。秀輔もそれなりに経験はあったが、光玲との場数の差を痛切に実感させられた。

「ふ、っんん…ん」

角度を変え、隙間なく口角を合わせて吐息ごとむさぼられる。

息苦しさに彼の肩口を掴んで引っ張る間も、秀輔の性器は絶えず弄《いじ》り回されていた。すでに先端からは先走りが溢《あふ》れていて、決壊は間近だった。

「ゃ……ん、んぅ」

「ほら、秀輔」

唇を離した光玲が促すように微笑み、性器の先端を爪先《つめさき》で躙《にじ》られた秀輔が全身をこわばらせる。

「うっ…あ、あっあ…」

我慢の末の射精は快楽が深かった。ただし、状況が状況なのですぐに我に返る。

光玲の眼前で極め、その手を精液で濡《ぬ》らした事実は羞恥《しゅうち》千万である。それも、男相手かつ無理やりだ。ここはひとつ、トラウマになる毒舌をと秀輔が張りきって口を開くより数秒早く、彼が言った。

「そなたは、乱れ方まで艶麗なのだな」

「私を受けいれたら、どんな顔を見せてくれるか楽しみだ」

「艶……？」

「ばっ…。だから、誰がやっていいって……のあっ!?」

反論の途中で、上体を起こした光玲に腰を引き寄せられた。当然といった感じで、両脚を大きく開かされたままなのが泣けてくる。

無論、吐精したての性器も奥まった恥部もまる見えの破廉恥な格好だ。すっかり着崩れた着物はかろうじて帯がほどけていない分、逆にいやらしかった。

洒落《しゃれ》にならない事態に、目を白黒させる。

「ななにす……やめっ！」

無言で後孔に口をつけられて、秀輔が大絶叫した。

なんという恐ろしい真似《まね》をしやがるのだと、危うく心臓が停止しかける。いや、死んでも死にきれんと手足をばたつかせて暴れたが、性器を甘噛みされて抵抗を封じられた。

「光、玲……そんな、とこ…っ」

見るな。舐めるな。舌を突っこむな。

非房事三原則を声高に掲げたものの、光玲は蕩《とろ》けるような笑顔で聞き流した。

無視するなと喚いたところへ、遠慮がちな第三者の声が届いて秀輔が秒速で固まる。

「光玲さま。なにやら不穏な声が聞こえましたが…」

「い!?」

やばい。散々大声を出したせいで、悠木が様子を見にきたらしい。どうか近くに来ないでくれとの祈りも虚《むな》しく、格子を開けて室内へ入ってきた悠木とばっちり目が合った。

「……っ」

屈辱と気まずさと羞恥で赤面する秀輔をよそに、光玲が泰然と答える。

「悠木か。起こしてすまんな。まあ、見てのとおりだ」

「見……」

公然猥褻《わいせつ》とか公序良俗違反とか、いっさいおかまいなしだ。情事中だとおおっぴらに認める言い草に、秀輔はいっそこのまま気絶したくなった。

頼むから、少しはとりつくろえ。俺の繊細な神経が焼ききれると口を極めて言いたい。

「左様でございましたか。では、のちほど手桶に湯を入れてお持ちいたしましょう。光玲さまと秀輔殿のお着替えも一緒に」

「そ……」

「ああ。頼む」

「おすみになりましたら、どうぞお声をかけてください。隣の間に控えておりますので。失礼いたします」

「……っ」

ちょっと待て。この、ものすごくつっこみどころ満載の現場を見ておいて、いっさい咎《とが》めだてなし？　というか、さりげに推奨、事後のあと始末についてのコメントまで残してあっさり退散って、どういう了見なんだと問いただしたい。

気がねなくオープンな主従の対応に、秀輔はゆるゆるとかぶりを振った。これをスルーする図太さの、どこから教育的指導するべきか、もはやわからない。

この人たち、絶対感覚がおかしいと頭を抱えたくなる。プライバシーなさすぎの現実も、とんでもなく恐ろしかった。

「さて、つづけるか」

「そ…やだ。もう、やっ……くぅ」

唖然としている秀輔の隙をついて、舌とともに指も挿《い》れられてしまう。

嫌だと下肢を揺らして拒もうとしたら、反対に奥へ招きいれる結果になって呻いた。なんとか逃げたいけれど、光玲の拘束は絶妙でかなわない。そのうち、異物感のみ覚えていた後孔に違和感が生じ始めて慌てた。

「嘘だ、ろ…っ!?」

「なにがだ？」

開かされた脚の間越しに視線が合うのも、屈辱だった。ましてや、近くですべてを悠木に聞かれているなど言語道断だろう。なんのプレイだと泣きたくなる。

彼の唾液《だえき》をたっぷり注ぎこまれた内部が、濡れた音を立てるのも恥ずかしいにもかかわらず、こんなのは嫌なはずなのに反応してしまう己の肉体が恨めしかった。

「だいぶ、やわらかくなってきたな」

「う…っあ……ぁ、んく」

「灯りの下でするのは私も初めてだが、趣もあるし、いろいろとよく見えていい」

「な……」

恥部を観察できてご満悦と言われて、一気に頬が熱くなった。

燈台はつけっぱなしがいいと頼んだ己が悔やまれた。この際、暗闇が怖いなんて言っていられないと奮起した秀輔が、今からでも遅くあるまいと消すように唸る。

「光玲……あか、り……消し…」

「あいにく、今は手が離せない」

「ば……じゃあ、俺がっ」

「ほら。もう一本、指を増やすぞ」

「は、ぅ……ああ…ぁ」

だったら自分がと身を起こそうとしたが、あえなく阻まれた。

舌のかわりに指の数も増え、どれだけ抜けと叫んでも、光玲は聞きいれてくれない。高々と浮いていた腰が下ろされたのはいいものの、後孔を弄《いじ》りながら胸の突起にまでちょっかいをかけられて惑乱した。

「光玲…っも、やめ……やっ」

「まだだ。丁寧にほぐさないと」

「い、や……ん、っあ？　あっあ、なに…⁉」

突如、体内に爆発的な快楽が生じた。

無意識に腰が跳ね、性器もまた芯を持つ。彼の指がそこを突くたび、悲鳴にも似た声がこらえきれずに出た。

「ここが秀輔の愛《う》い箇所だ。存分に慈しんでやろう」

「っは、あ…ううぅ」

そんな慈しみはけっこうと、門前払いで無慈悲に断りたい。

実際、身悶《みもだ》えながらもじりじりと逃げを打ったが、すぐに引き戻された。その上、乳首以外にも耳朶《じだ》を甘噛みされたり、耳孔に舌を差しこまれてねっとり舐められたりと、グレードアップした愛撫でひどい目に遭わされる。

「や、だ……ゃ…やめ…っ」

「拒絶ばかりでなく、そなたの睦言《むつごと》と甘い声も聞きたいな」

「ず……図々《ずうずう》し…！」

合意もなく人を押し倒しておいて、なんたる厚かましさだ。盗人猛々《たけだけ》しい。

誰が甘ったるい声音など漏らすものか。だいたい、男の野太い声で濡れ場シーンなど聴覚への暴力だろう。両耳に、音が聞こえなくなる御札を耳なし芳一《ほういち》ばりにぜひ貼りたくなること請けあいだ。

悠木の存在も意識し、根性で声を押し殺す秀輔に光玲は容赦しなかった。

後孔を気が遠くなるほど長時間嬲《なぶ》られ、最終的には彼の指を三本も挿れられた。この頃になると、さすがの秀輔も意地を張っていられなくなる。

まだ若い肉体に、百戦錬磨だろう光玲の手練手管は強烈すぎた。焦《じ》らされることにも不慣れなのに、欲望を制御されて振り回されるのが忌々しいけれど、下手に逆らうと優しくだがいじめられる。

悔しさに歯軋りしつつ、秀輔は涙目で彼に縋るしかなかった。

「あっ、ああ……光、玲……ん、ぅ」

「うん?」

もう勘弁してと懇願しながら、光玲に縛《いまし》められている性器へ手を伸ばす。

ここを堰《せ》きとめられたまま、後ろを延々と弄られつづけているのだ。いい加減、溜《た》まった熱と体液を放出したくて頭が変になりそうだった。

「も……い、き…いきた…」

光玲の手に秀輔の手が重なり、それを見て双眸を細めた彼に唇を啄《つい》ばまれる。

「そなたの自慰は、またの機会の楽しみだ」

「っん？」

次なんてあるかとの反論は、今は無理だ。

射精のことで頭がいっぱいで、フェロモン垂れ流しで光玲を見つめた。

のどが渇いて唇を舐めて湿らせた秀輔に、彼が小さくのどを鳴らす。

「……ぁ」

不意に、秀輔の後孔から異物がすべて退《の》いた。性器の拘束も解かれ、やっといけると安堵の吐息を漏らした刹那、両脚をさきほどより大きく開かれて再び抱えあげられた。

「な!?」

こら待てと制止する直前、ぬめりを帯びた肉塊が秀輔の身体を引き裂いた。

「ひっ」

指で念入りにほぐされたにしろ、体積の差は歴然だ。

内臓もろとも押しあげる勢いの、ものすごい圧迫感に襲われる。というか、そもそもサイズが論外な気がした。

「い……痛、い…」

「秀輔、力むな。息を吐け」

「う…っは……あ、ぁ」

「そう。いい子だ」

立派なのは体格だけではないのかと、全世界に向けて遺憾の意を表明したい。本来の用途とはまったく違う尻の使用法も、大変残念極まった。

「くぅ…あ、やめ……んっん、う」

苦しいと訴えたが、光玲はゆっくりと着実に腰を押し進めてくる。

長い指で性器を弄られて、苦痛と快楽が混在し始めた。彼の言いなりに呼吸しているのも気づかない。狭隘《きょうあい》な襞《ひだ》がみっしりと屹立《きつりつ》を包みこみ、柔軟に撓《たわ》んで受けいれるのが自分でも信じられなかった。

「初めてにしては素直な身体だな。私と相性がいいのか、もしくは秀輔の筋がいいのか」

「ば…っ」

天性の受け身センスありなど、暴言に等しい。同性に抱かれる素質が抜群だなんて、おそらく、人生で言われて最悪な台詞ランキングでトップスリーに入る気がする。

「誰が……あぅ」

即反論と秀輔が意気込んだ矢先、光玲を一気に奥まで捩《ね》じこまれて挫折した。

体内の深処《しんじょ》で脈打つ凶器に、うろたえる。こんな狭い場所で暴れず、速やかにお引きとりくださいと切に願った。

「み、光玲……頼むか…ら……抜…て」

「あとでな」

「嫌、だ。今すぐ……ひあっ」

ずるりと熱塊が引かれて、すぐに押しこまれたかと思えば、根元まで埋めこんだ状態で腰をゆるゆると旋回される。

決して乱暴ではないものの、初心者で未熟な内壁にはハードルが高い仕打ちだ。しかし、光玲は愛撫同様じっくりと時間をかけて、秀輔の肉体を陥落させていく。

「い、やだっ……あ、っあ…ぅ」

「そなたの中は、実に心地よい」

最高だと褒められたところで、ちっともうれしくない。むしろ、侮辱だ。

言い返したいのはやまやまだが、彼を挿れられたまま陰嚢《いんのう》ごと性器を揉まれ、胸も弄《もてあそ》ばれては敵《かな》わない。肌のいたるところに、噛み痕を残された。

秀輔が問答無用で感じる弱点も発見されてしまい、耳の後ろの薄い皮膚をしたたかに舐められて蕩かされた。

「や…あっあ、ん……んん」

濃厚な愛撫に理性はほぼ瓦解《がかい》し、射精の解放感を味わう傍ら、粘膜を執拗に捏《こ》ね回されて妙な声がとまらなくなった。

繋《つな》がった局部から聞こえる水音も卑猥《ひわい》で、秀輔のなけなしの羞恥を煽る。身悶えずにはいられない弱点を意地悪く攻める光玲を、涙目で睨みあげた。

「も……早、く……終わ…っ」

「もう降参か？」

「おまえ、が……バケモノす…ぎ」

まだ一回も極めていない彼に弥終《いやはて》を急《せ》かす。

サイズもだが、その持久力が驚異的な上、どこか余力がありそうな雰囲気も恐ろしい。

着崩れた夜着と乱れた髪すら様になっている光玲が薄く笑んだ。なにホルモンを分泌中だと言いたくなるくらい男の色気全開の彼が、秀輔の目尻へキスして低く囁く。

「そなたの可愛いおねだりに免じるか」

「か……」

秀輔にとっては首を絞めあげる勢いの督促を、愛らしいお願いと受けとめる光玲の脳内はカオスだ。どれだけ研究しようと、解明は無理かと思われる。

「ちょっ、うぁ…あ、っあ……やだ！」

早速、さらにいやらしい腰つきでの抽挿が始まり、緩急をつけたストロークに翻弄される。

突きあげのせいで擂りあがる身体を、光玲が秀輔の肩を抱き寄せて縫いとめた。互いの腹筋で擦《こす》れる性器がはしたなく蜜《みつ》をこぼす。

弾む吐息がか細く、甘々すぎる嬌声《きょうせい》まじりなのが我ながら嫌になった。

「く……うぁ……や、やっ」

「秀輔」

「ああ、く…あ、あ……ぃあああ！」

ひときわ最奥を抉《えぐ》られた瞬間、秀輔はさらにあられもない声を放っていた。

のしかかる彼がだしぬけに熱塊を抜き、秀輔の上で小さく呻いたあと、腹部付近が生温かくなった。

数秒後、光玲の体液をかけられたとわかり、眉をひそめる。めいっぱい文句はあったが、お互いさまの状況ゆえに微妙だった。彼の夜着と肌も、秀輔のもので汚れている。

しかし、やはり一言言っておこう。まずは呼吸を整えてと思った途端、脚の間にまた指を挿れられて仰天した。

道でばったり自分そっくりな他人に出くわしたような心境で双眸を瞠る。

「な、んのつもり…？」

「なにって、もう一度だが」

「はあ!?」

「一度ですませると言った覚えはないからな。少なくとも、秀輔が眠りにつくまで可愛がってやる約束だ」

「そんなの、おまえが勝手に……んぁっ」

無断で挿入された指が、内部を擦った。

さきほどの行為で敏感になっている中を、鉤《かぎ》状に曲げた指で弄られて身をよじる。

「ちょ、ばっ……やめ…っん」

粘膜を掻《か》き回されながら、唇も奪われた。

光玲の舌に噛みつこうとしたら、弱い部位を指がくじって反対に舌を搦めとられる。

「ん……光、玲……ま、待っ…」

指にかわって硬度回復済みの楔《くさび》を後孔に押しあてられた秀輔が、キスをふりほどいた。

逞《たくま》しい彼の肩を両手で必死に叩くが、笑顔で躱される
「秀輔のここは嫌がってない」

「あっあ……馬、鹿…もう嫌だ……って、なにす……くぅう」

正常位の途中で、光玲がいきなり上体を起こした。要するに、対面座位の体勢である。

彼の腰を跨《また》ぐ格好で、胡坐をかいた膝上に座らされ、否応なしに自分の体重で楔を体内へ迎えいれてしまう。

「っふ、あ…ぅ」

「どれだけ乱れても、そなたは本当に婉麗《えんれい》で穢れなく、目に楽しい」

俺はちっとも楽しくないと絶叫したかったが、強く突きあげられて嬌声にすり替わる。

気持ち的には超ブルーなのに、肉体が快楽を享受する。初めてにもかかわらず、痛みよりも悦びを感じる己が情けなかった。

いかに光玲が手練とはいえ、タイムスリップという異常事態下で、ろくな抵抗もできずに肉欲に流された事実も然《しか》りだ。まさに、踏んだり蹴《け》ったりである。

「あ、あっ……や…あぁぁ」

「まだ、いけるな」

「光…玲っ」

その後も、秀輔は光玲に手玉にとられつづけ、彼の宣言どおり最後はほとんど気絶するように力尽きた。指一本動かすのすら億劫なほど疲弊させられた秀輔が意識を失う間際、光玲が優しく囁いた気がした。

「これで、今宵《こよい》はなにも考えずに少しは眠れるか」

「ん……」

薄く汗ばんだ髪を優しく撫でられたのが、最後の記憶だった。

「秀輔、起きろ。朝だぞ」

「……う」

穏やかな声とともに、頬を撫でられる。低く呻いて寝返りを打ちかけた秀輔は、あらぬ箇所にじわりと痛みを覚えて顔を顰めた。

「痛《いった》あ。なにこれ。…ていうか、孝兄《たかにい》。まだ外、暗い…」

「『たかにい』とはなんだ?」

「!?」

寝惚けていた脳が、瞬時に覚醒する。

勢いよく起きあがったはいいが、下肢に疼痛《とうつう》が走り、背中から倒れかけた秀輔の身体が力強い腕に抱きとめられる。

すでに着替えをすませている光玲と、近距離で視線が絡んで記憶が蘇《よみがえ》った。

あれらすべてが夢ではなく、タイムスリップも現実だったかと悲劇の主人公に浸る寸前、寝乱れたままの自分の着物が視界に入る。その胸元あたりにくっきり残る大量のキスマークを発見した秀輔が、この世の終わりのような顔つきになった。

傍目《はため》には絶句状態の内面は、上を下への大混乱である。心身ともに、フルコースの受難強化期間到来だ。それも、たった一夜での大打撃ときている。

あまりの衝撃に、秀輔は脳内思考を小声でぶつぶつと呟いてしまった。

「俺、マジで男とやっちゃったのか。矢沢で男相手なんかまっぴら御免と思ってたのに、なんだこれ…。しかも、うっわ。覚えてる限り、喘《あえ》ぎまくってしこたま泣かされて、光玲の言うとおり気持ちよく眠らされ…いや昇天、もとい恍惚《こうこつ》……違う。失神させられたし、超最悪。俺の人生最大の過ち」

恥ずかしいなんてもんじゃないと、のたうち回る勢いでうろたえた。

タイムスリップもだが、男にいたされた事実はゆゆしき大問題だ。それも無理やりな分、秀輔が恨めしげに唸る。

「……よくも、よくも好き放題したな」

今度は、きちんと光玲にも聞こえるように声を張った。しかし、肝心の相手は鷹揚に臆面《おくめん》もなく言い放つ。

「今までになく、大切かつ丁寧に抱いたが。まあ、初めてというしな。どこか痛むか？」

「尻が痛いに決まってるだろっ」

「そうか」

「ぎゃっ」

ではと言った光玲に、臀部《でんぶ》をやんわり撫でさすられて叫んだ。やめろ変態と毒づいてもこたえた様子はなく、余裕綽々《よゆうしゃくしゃく》の態度で秀輔を宥めるから、ますます苛《いら》ついた。

「マジで腹立つんだけど」

「はいはい。秀輔も早く着替えろ」

「なんで俺が……ん、あれ？　この着物、昨夜《ゆうべ》のとなんか微妙に違う」

「ああ。秀輔が眠ったあと、私と悠木でそなたの肌を湯で清めて着替えさせた」

「!!」

だから、俺のプライバシーはどこなんだと雄叫《おたけ》びをあげたくなる。

本人に無許可で裸体を見たり触れたりするなど、最大のプライバシー侵害だと正座させて説教したい。かといって、厳重注意したところで時代的に『なにが悪いの？』と真顔で主従が口をそろえそうで嫌すぎる。

畜生。どう説明すれば多少なりともこの感覚を理解してもらえるものかと悩む秀輔に、光玲がさらりとつづけた。

「御上のもとへ行かねばならない。さ、早く」

「え？」

「悠木。秀輔の着替えを」

「畏《かしこ》まりました」

御上ってと訊き返す間もなく、控えていたらしい悠木がやってくる。その手には、美しい色の平安装束一式があった。光玲と色違いだ。

秀輔が着ていた神職衣装は、下着もろとも洗濯中という。

情事中の声を聞かれたどころか、裸まで見られて複雑な心中の秀輔を後目に、悠木はいたって平静だ。自分だけが気にしているのも業腹で、結局はうやむやになる。

気だるい身体を光玲に支えられながら、身だしなみを整えられた。

束帯を身につけられていくうちに、タイムスリップの事実が再び現実味を帯びてきて落ちこみ始める。

昨夜、光玲にされた行為も正直信じたくなかったが、それ以上に、もとの世界へ帰る方法を探さなくてはという意識に捉われた。

「これはまた、大変お似合いでございますね」

「急場しのぎのわりにはいい出来だ。髪は短すぎるが、美しさに遜色《そんしょく》はないな。悠木、秀輔の衣用の反物を用意しておいてくれ。帰ってきてから私が選ぶ」

「承知いたしました」

「うむ。さて、行くか」

光玲と悠木の称賛も、意気消沈中の秀輔はどうでもいいとばかりに耳を素通りさせた。そして、光玲に背を押されて邸を出る。

さすがに、豪華な牛車の意匠や乗り心地を堪能する気分にもなれなかった。なにをどうすれば、今後の道が開けるのかわからず、不安だけが蓄積されていく。

心ここにあらず状態の秀輔を乗せたまま、ほどなく牛車の揺れがとまった。

「着いたぞ。秀輔」

厳しく引きしまった表情と口調の光玲に、さすがに我に返り、つられて緊張が高まる。

たった一日の知りあいかつ、自分を手籠《てご》めにした彼しか頼りにならない現実が、なんとも悩ましい。それでも、手をとられて牛車を降りた。

まだ外が暗い中、広そうな屋敷内の廊下を静々と歩いていく。まさか、ここが御所だとは思いもしなかった。

人目につかぬよう、同僚たちより少し早く出仕した光玲の気遣いも、もちろん気づかないままだ。秀輔が起きる前に、先触れとして帝宛ての文をすでに出してあり、そこに秀輔を伴う旨が認《したた》められたことも知らない。

しばらく進んだあと、ひときわ立派な造りの部屋に着いた。その手前の廊下に座らされ、頭を下げろと言われる。

「なに…」

「御上がいらっしゃる」

「え？」

諸々のショックで失念していたが、そういえばさっき、光玲は御上、つまり帝がどうとか言っていなかったたか。

マジで、平安版リアル帝と対面かと密《ひそ》かに驚愕していたら、温雅な声が奥からした。

「光玲、形式張らずともよい。近くへ」

「御意。…秀輔、おいで」

「あ……う、うん」

光玲に倣い、広い部屋へ足を踏み入れる。すでに人払いがなされた壮麗な室内には、独特な雰囲気の壮年男性がひとり、上座の畳に座っていた。

渋さと甘さがいい具合に同居した、なかなかの美中年だ。身に纏う衣も見事なふうあいである。

この人がナマ帝かと、秀輔は固唾を呑んだ。帝のほうも、御簾も下ろさず、脇息に片肘をついて興味深げに秀輔を凝視している。

光玲が腰を下ろした隣に、秀輔もおずおずと座った。

予想以上に帝との距離が近くて困惑し、思わず光玲へ視線で助けを求めたら、すかさず彼が苦笑まじりに言った。

「御上。いささかご覧になりすぎかと存じますが」

「減るものでもなし、別によかろう。が、清嗣《きよつぐ》に並びうる秀麗さだな。いい目の保養になる。とは申せ、わたしの清嗣が一番美しいことに変わりはないか」

「……御上。人前でその手の発言をなさると、また数日、安部《あべ》殿に口をきいていただけなくなりますよ」

「なんの。頑《かたく》なになった清嗣をかき口説《くど》くのも、また一興だ。あの麗しい男がこの腕の中で身も世もなく蕩け落ちていく様は、幾度見ても素晴らしいからな。ところで、昨日から一晩この者をあずかった光玲の見解はどうなのだ？」

「はい。それは…」

なにやら話しだしたふたりをよそに、秀輔は帝の台詞に唖然としていた。

人を凝視するなと諭されて、減るもんじゃないのだからもったいぶるなと開き直る帝には威厳の欠片《かけら》もない。重ねて、男相手に怪しく淫靡《いんび》な言い草ときた。

光玲につづき、またも変態発見だ。遭遇率の高さに、内心で凍りつく。とことんユルい性道徳観念の蔓延《まんえん》ぶりにも、秀輔は激しい脱力感を覚えた。

軽々しい発言が得意な帝など、ちょっといただけない。せめてもう少し、国の主らしく説得力に溢れた見識高い言い方はできないものだろうか。

中世への浪漫の一端が、音を立てて崩れる。この帝、本物かと似非《えせ》疑惑とともに若干遠い目になった秀輔の肩が不意に摑まれた。

「…輔。おい、秀輔」

「え？」

正気づいて横を見ると、少々心配げな表情で光玲が眉をひそめていた。

「具合が悪いのか？」

「あ、いや。別に」

「ならばいいが…。御上が、直々にそなたに話があるそうだ」

「俺!?」

帝について、微妙なことを絶賛考え中だった秀輔がどきりとする。疚《やま》しさで引き攣りかける頬を根性で平静に保ちつつ、毅然《きぜん》と顔を上げた。

ゆったりとした口調で、帝が話しかける。

「秀輔とやら。話はおおよそ聞いた」

「はあ」

「そこで、提案なのだがな。わたくしが最も頼みとしている陰陽頭の安部清嗣に、今から会いにいくといい」

「陰陽頭って…」

たしか、中務省に属した陰陽寮という役所のトップで、いわゆる陰陽師といったほうがわかりやすいかもしれない。その中でも、最高位の人間である。

現代でいえば、霞《かすみ》が関《せき》の超高級官僚だ。というか、役職的に神聖ともいえる立場の人間に手を出しているのか、この帝はとますます呆れ果てる。

なにより、おっさん同士の絡みかと余計な想像までしてげんなりした。

「そなたが知りたいことを、清嗣なら答えられるだろう。話はすでに通してある」

中年の情事模様はともかく、帰るヒントがわかるかもしれないのはうれしい反面、秀輔の知的好奇心を刺激する存在が次々に現れて胸が躍ったのも本当だ。

帝の次は、最高位の陰陽師だなんてすごい。登場人物の豪華さは、アカデミー賞級だ。なんというか、ただの一般人が世界の主要大国が参加するサミットに紛れこみ、首脳陣と同じテーブルについて論じるようなものといえばいいか。

ライブで陰陽師見学と、頬が緩みかけた。

「あ、ありがとう、ゴザイマス…」

とってつけたような礼をなんとか言い、光玲に促されて帝の御前を辞したあと、秀輔は内裏を出て陰陽寮へ向かった。

目的の建物の前に人影が見えた。顔見知りらしい光玲が、すぐに声をかける。

「これは、安部殿。わざわざ出迎えてくださったのか」

「ようこそ、お越しくださいました。おふた方とも、どうぞ中へ」

慇懃《いんぎん》に頭を垂れた清嗣に案内された室内は、かなり質素に見えた。

比較対象が清涼殿と上流貴族の光玲邸なので、いちだんとそう思えるのかもしれない。本来、ここは役所の一室だ。しかし、祭壇や神事に使う道具に似たものがある風景が、どこか実家を彷《ほう》彿《ふつ》とさせて秀輔を和ませた。

もの珍しげに周囲を見回していた視線を、清嗣に移した秀輔が双眸を瞠る。

帝の推定情人は、とてもおっさん呼ばわりできるようなルックスの人物ではなかった。繊細かつ怜悧《れいり》な容貌とほっそりした身体つきの、大変な美貌の主だったのだ。これでは、帝でなくとも惑わされそうだ。

おまけに、どう多く見積もっても二十代半ばにしか見えない。陰陽頭を務めるくらいだから、実際はそれなりの年齢のはずだ。

小声でこっそり光玲に訊いてみたが、彼も清嗣の年齢は知らなかった。ただ、今上帝が即位したときには、すでに今の役職にいて外見もこれだったらしい。

最低でも二十年以上、変わっていない計算になる。それも陰陽師の業かと、なおも興味津々の秀輔に、向かい側に座った清嗣が言った。

「三浦秀輔殿、お待ちしておりました」

「え？　なんで、俺の名前を…」

まだ自己紹介もしていないのに、したり顔で言われて驚愕する。隣にいる光玲も同様だ。

帝にすら、さきほど詳しい経緯を説明したばかりで、なぜ初めて会う清嗣がと訝った。

「あなたが先の世からやってきたことも承知しております。さぞ、驚かれたでしょうが」

「タイムスリップの件も知ってるんだ!?」

「はい。時空間移動ですね」

「じゃあ、話は早い。どうやったら、もとの世界に帰れるか教えてよ」

この際、事情に詳しい理由はすっ飛ばし、勢いこんで帰り方を訊ねた。

神秘的な雰囲気を纏う清嗣は、最高位の陰陽師という立場も手伝って、確実な帰り方を伝授してくれる気がした。

「無理です」

「は？」

『むり』ってなんだ？　タイムスリップに使う道具名だろうか。それとも、呪《まじな》いの名前か。即座には理解しかねて、眉宇《びう》をひそめて目まぐるしく思考をめぐらせる秀輔へ、清嗣がつづけた。

「端的に申しあげて、あなたが先の世に帰る術はございません」

「な……」

「今回の時空間移動は必然の理《ことわり》です。あなたは、あちらにあるあの巻物に選ばれて、ここへやってきました。つまり、今いらっしゃるこの世こそが、今後あなたの生きる場所ということになります」

優雅な仕種《しぐさ》で示された先に、件《くだん》の淡い緑色の巻物があった。帝の采配《さいはい》で、清嗣のもとに持ちこまれたらしい。

宝物庫で手にしたすべての元凶を見て双眸を据わらせた秀輔が、ふと思いつく。

あれに吸いこまれてこちらの世界に飛ばされたのだから、再度同じ状況になればいいのではないか。小説やドラマでも、ままある展開だ。

頭部に物理的な衝撃を受けて一時的に記憶喪失になった人が、なにかの拍子で頭を打ったりしたのを契機にもとに戻るみたいな感じである。

帰る方法がないだなんて、冗談はよしてくれと鼻先で笑い飛ばす。

「馬鹿言わないでくれるかな。あの巻物をもう一回開けば帰れるんだろ」

「いいえ。あなたの世における役割はもうすみましたので、仮にあなたが再び巻物に触れてもなんの反応もありません」

「そんな…」

「ところで、あなたは『入れ替わり時空間移動』という言葉をご存知でしょうか」

「なに？　入れ替わり…!?」

矢継ぎ早に、冷静な口調で淡々と問われた。無論、初耳で首をひねった秀輔へ、つづけて家族構成も訊かれた。

答えながらもさらに不審に思ったが、清嗣は納得したふうにうなずく。

「なるほど。秀輔殿は三浦家直系なものの、当主になるお方ではいらっしゃらない。ならば、ご存知ないのも当然ですね」

「なんのこと?」

意味深な言い回しに苛つき、清嗣をきつく睨む。涼しい顔で受け流されるのがおもしろくなかったけれど、順を追って説明された内容に愕然となった。

いわく、入れ替わり時空間移動《タイムスリップ》なる事象は、三浦家当主に千年も前から代々伝わっている事柄で、秀輔の父と兄も承知なのだと。

清嗣の背後にある棚に置かれた例の巻物が、時を越える鍵の役割を担っているらしい。ただし、巻物が選んだ者にしか作動せず、普通の人が触ってもただの巻物だ。

だったら、どんな人間に反応するかというと、未来では三浦家直系の男子のみである。理由は単純で、これを創作した張本人が三浦の祖先だからだ。

ちなみにその人は清嗣の師で、先々代の陰陽頭でもあった。この陰陽師が、ありあまるほどあった呪術《じゅじゅつ》力を用いて遊び感覚で巻物をつくった。

発動機会は一度きりだが、無作為《ランダム》の設定ゆえにいつ動きだすかは不明で期限もない。入れ替わりという名のとおり、ひとたび発動すれば、必ず二名が強制的にタイムスリップの憂き目に遭う。

自分が平安時代に飛ばされたということは、その逆もあるわけだ。つまり、この世界から現代へ飛ばされる気の毒仲間がもうひとりいることになる。

まず第一の被害者となった秀輔が、低く唸った。あまりにもふざけた話で、呆気《あっけ》にとられる。

当然、俄《にわか》には信じられないが、現実に自分はこうして時を越えている。なんらかの力が働いたのは明白だ。それがもし本当に清嗣の言う三浦の先祖の仕業だとすると、迷惑極まりなかった。

遊び半分で、こんな非常識なシステムをつくるなと首を絞めてやりたい。

力の使い方を著しく間違っているとしか思えないし、悠久のときを経ても完璧で強力、正確無比な呪術力が発動されるのがまた、なんとも忌々しい。

ついでに、父と兄にも秀輔の怒りは向いた。こういう危険があるなら、先に教えておけとふたりを詰りたくなった。

「帰ったら、みてろよ」

物騒な口調で呟いた途端、清嗣が律儀に訂正した。

「あいにく、あなたは帰れません」

「く……」

きっぱり言いきられるのも癪《しゃく》で、清嗣を恨めしげに見遣る。頭の中も大混乱中で、整理が追いつかなかった。

「僭越ながら、あちらのことは早々にお忘れになり、こちらの世に馴染む努力をなさるほうが建設的で前向きだと思います」

「ばっ……簡単に言ってくれるけど、俺がどんなに…っ」

「秀輔」

一瞬で頭に血がのぼった。自分がどれほど不安で心細い状況でいるか知りもしないで、ふざけるなと思う。

怒りに任せて眼前の清嗣へ殴りかかろうとした秀輔を、光玲がとめた。

「離せよ、光玲！」

「落ち着け。安部殿にあたっても、なんにもならないだろう」

「けど…っ」

「気持ちはわかるが、安部殿はそなたのためによかれと言ってくださったのだ。耳を傾ける価値はあると思うぞ」

「俺にとっては、帰る方法を教えてくれるんじゃなきゃ、意味も価値もない!!」

そうだ。タイムスリップシステムのつくり手なんかどうでもいい。一度は時を越えたということは、二度目だって絶対に可能なはずなのだ。

いくら清嗣が帰れないと断言したところで、それが本当かどうかはわからない。彼ひとりの言葉を鵜呑《うの》みにして、あきらめるような性格の秀輔ではなかった。

この時代の人々を決して侮るつもりはないが、現代に帰りたい秀輔は最高位の陰陽師の言い分も突っぱねる。というか、信じたくない思いが強かった。

元々、唯々諾々としたしおらしい気質でもない。不安な気持ちはおおいにあれど、反骨精神を振り絞って清嗣を睨《ね》めつけた。

「どうしても教えてくれないなら、俺は自分の手で、どんな手段を使ってもいろいろと調べあげて帰る方法を見つけてやるから!」

喧嘩腰で高らかに宣言した秀輔に、清嗣は静かに答えた。

「ないものは、お教えできません」

「……っ」

道理のわからない人だと言いたげな眼差しで見られる。冷たく整いすぎた容貌なだけに、いささか小馬鹿にされているようで、ひどく腹が立った。これ以上、沈着魔人と話していると確実に血管がぶちきれる。

いくら見た目が最高でも、帝はよくこんな扱いにくさ抜群の男を相手にできるものだと、趣味の悪さにあらためて呆れた。

さっさと光玲に向き直った秀輔が、鼻息も荒く意気込んで告げる。

「ていうわけで、光玲も手伝ってよ」

「私が?」

切れ長の双眸を軽く見開いた彼の顔を、さらに覗きこんだ。

「当然。さすがに、こっちの世界に不案内な俺ひとりじゃ、なにかと不便で難しいし。帰る方法探すの、光玲も張りきって協力して。衣食住込みでいろんな保護つきでね」

「だが、希代の陰陽師であられる安部殿があぁも断言されたのだ。見つかる確率はないに等しいと思うが」

「たとえ叶《かな》いそうにもない望みだって、俺は可能性に賭《か》ける男なの」

「いや。あきらめたほうが無難…」

「やかましいっ」

抗弁とともに断念しろと諭す光玲を、秀輔は据わりきった目で見つめた。ついでに彼の束帯の胸元を両手で摑み、鼻先十センチの距離に迫る。

今にも膝に乗りあげる勢いで、とっておきの切り札を出した。

「俺のお初を奪った見返りだよ。慰謝料がわりに黙ってきりきり手を貸して、めいっぱい面倒みろよな！」

威勢よく啖呵《たんか》をきると、なぜか光玲が溜め息をついた。

「…そなたは本当に、あらゆる意味で無謀というか、危なっかしいやつだな。見ているこちらが心臓に悪い」

「ん？」

微妙にずれた返答に、秀輔が眉を片方吊《つ》りあげる。

高位の貴族である光玲に対してのみならず、帝と清嗣にまで謙《へりくだ》った言動をとらないことを懸念されているとは思いもしない。

普通なら、不敬罪に問われて然るべき態度だが、本人は無自覚だった。

身分制度のない世界で育ち、平安時代の人とは根本的に価値観が違う秀輔だ。厳格な縦社会の構造を真実理解しておらず、結果的に奔放に振る舞っている。

「これを野放しにするのは非常に危険だ」

嘆息まじりにさらっと失敬な台詞を吐いた光玲に、秀輔がかちんとくる。

「人を凶暴な獣扱いしないでくれる？」

「美獣ゆえに、手懐《てなず》け甲斐《がい》もあるが」

「あのねえ！」

こっちの世界の住人は、どうやら秀輔の神経を逆撫でする達人ぞろいらしい。

苛立ちマックスで猛反論しかけた矢先、いきなり視界がぼやけた。ほどなく、唇がやわらかい感触に包まれる。

「っんむ!?」

キスされているとわかった途端、秀輔は大慌てで抗った。

逞しい肩口や二の腕を叩きながらかぶりを振るが、腰をしっかりと抱き寄せられていて、ままならない。

「ああ。『お初を奪う』とは、そういうことでしたか」

「……っ」

横から聞こえた無感動な呟きに、清嗣の存在を思いだした秀輔が耳まで真っ赤になって死にもの狂いでキスを振りほどいて叫んだ。

「ちちち違うからっ。こ、こいつが無理やり俺を…」

「私の腕の中で、気持ちよさげにすやすやと眠っていたな」

「それは、おまえが気絶させたんだろ！」

「閨でのそなたは気高くも淫《みだ》らで、実に麗しかっ…」

「黙れ、この恥知らず!!」

昨夜の赤裸々な一幕を暴露されて、狼狽しまくる。不本意なのだと必死に訴える秀輔をよそに、清嗣が無表情に述べた。

「さすがは、光玲殿。お手の早さは御上に引けをとりませんね」

「滅相もない。私などまだ若輩者です」

「だから聞けよ、ふたりとも。俺は嫌だったたって言ってんの！　そもそも光玲、いきなり人前でキスするなっ」

不毛な会話をぶった切って嚙みつく秀輔に笑みつつ、光玲が首をひねった。

「『きす』とはなんだ？」

「そ……」

そうだった。横文字全般通じないってなんて不自由なんだと舌打ちしたあと、変換に相当する単語を秀輔が考える。

接吻《せっぷん》は、幕末にできた比較的新しい言語なのでだめだ。ならば、口吸いでどうだと思ったが、表現が生々しくて却下する。

結局、見たままの行動説明になった。

「……俺の口に、光玲が口をつける行為」

言ったそばから、いたたまれなくなる。性行為についての単語変換は、ちょっとした羞恥プレイに匹敵して恐ろしいと判明した。

怒りと恥ずかしさで熱い秀輔の頬を、光玲が長い指先で撫でた。

「ほう。あれは秀輔の世では『きす』というのか。覚えておこう」

「おまえには不必要だから！」

妙な知識は吸収するなと断じたものの、彼は笑顔で聞き流す。あげくに隙をつかれて、再度唇を啄ばまれた。

「ば…っ」

「この『きす』は、さきほどの申し出を受ける了承の意だ」

「そんなものは言葉でじゅうぶ……え？」

脱線していた会話を、光玲が軌道修正した。呆気にとられて瞬きを繰り返す秀輔を悪戯っぽい表情が見つめる。

「秀輔の気がすむまで、帰る方法とやらを探すといい。その間、私はできる限りの協力と保護を約束しよう」

「なんで急に…」

清嗣派だった彼の、突然の翻意を訝る。なにか裏があるのではと疑ったが、つづいた台詞になるほどと思った。

「もし逆の立場なら、私もそなたと同じように可能な限りの努力は試みるだろうからな。たとえ、どんなに無駄なあがきとわかっていても」

「む」

最後の一言は激しく余計だけれど、光玲の真意は伝わった。

なにげに現実主義者な面は、自分と相通じるらしい。それに、やはり彼は基本的に優しい人柄なのだろう。そうでなければ、会ったばかりの明らかに通常の身の上ではない秀輔の面倒を引き受けようとは思うまい。

昨夜の一件も、これで水に流してやってもいいかと秀輔が態度を軟化させる。言いたい放題で罵倒したのも悪かったかなと、我が身を少々省みた。

「その……ありがとう。助かるよ」

素直に礼も述べた瞬間、光玲がさらりとつけ加えた。

「ただし、条件がある」

「うん。…って、条件!?」

善意溢れるボランティア精神のみの申し出ではないのか。

眩しいほどの爽《さわ》やかな笑みを湛えて、彼が朗らかな口調で言った。

「帰るまでは、秀輔は私の恋人でいろ」

「こ…っ」

「それが、そなたに全面的に協力する私にとっての見返りだな」

「ば……」

つまりは帰る方法を探す期間、光玲の世話になるのと引き換えに、夜の相手をしろということだ。まさかのとんでもない交換条件を出されて、呆然となる。あんな破廉恥三昧《ざんまい》の行為をまたされると思うだけで、気が遠くなりかけた。

これは立派な、人の弱みにつけこんだ卑怯《ひきょう》な取引だ。善人面《づら》で腹黒なんて最悪だと幻滅しつつ、誰がそんな手にのるかと秀輔は彼を睨みつけた。

「ふざけるなよ！」

「いたって本気だ。自分で言うのもなんだが、私のように寛容でものわかりがよく、身分と経済力もある男はそうはいないぞ。そなたの特殊な価値観や言動を理解し、容認できる者も、こちらの世にはおそらくほぼいない。下手をすると、異端視されかねん。その点、私のそばは快適だろうな」

「く……」

最低な条件に引きつづき、平然と自画自賛までされて憮然となったが、指摘のことごとくが図星な分、秀輔の舌鋒《ぜっぽう》も鈍る。

「……超納得したくないけど、説得力があって微妙だし」

たしかに、光玲並みの実力を持つ第三者を今から見つけるのは、かなりの難題だ。なんの伝《つて》も人脈もない自分では、必ず彼や清嗣の協力を仰ぐ結果になる。

仮に該当者が見つかっても、また一から全部説明するのも面倒くさかった。その人が光玲ばりの理解力と包容力の持ち主とも限らない。

だいいち、秀輔が帰る方法を探すには行動の自由がいる。必要なら、御所内やほかの施設へも出入りしたい。それには、権力者の威光と保護が不可欠だった。

正直、悔しいが光玲は最適で、彼ほどの適任者はたぶんいない。これで妙な条件さえなかったら、どんなにいいかと思ったが仕方あるまい。そのかわり、さっさと帰る方法を探しだしてやると固く誓う。

唇を嚙みしめて唸りながら、秀輔は渋々承諾することにした。

「…わかった。光玲の条件を呑む」

「いい子だ」

「子供扱いはやめ……んむっ」

笑いつつも、光玲が宥めるように秀輔の吐息を奪う。ぎょっと瞠った双眸の端に映った清嗣が冷淡に呟いた。

「話がまとまってなによりです。あとは、おふた方でお好きになさってください。では、わたくしは失礼いたします」

「ちょ、待っ……とめていけってば」

キスを振りきって喚いた秀輔を、光玲がきつく抱きすくめた。

懸命に暴れたが、昨夜のダメージが残る身体はだるく、思うように力が入らない。

「放せって、光玲っ」

「あらためてよろしく。私の仮初の恋人」

「げっ……!?」

気障《きざ》で甘ったるい台詞に眩暈がした。

「……それ、キモいから。って、耳を噛むな！」

「『きもい』とはなんだ？」

「き……」

タイムスリップ先での秀輔の生活は、前途多難そうである。

覡《かんなぎ》は永遠の恋人

「御上から、話は伺っているよ。わたしは直仁《なおひと》という。よろしく、秀輔《しゅうすけ》」

「はあ」

穏やかな笑顔でそう言ったのは、東宮《とうぐう》その人だ。親子とあって父親の今上帝とどことなく似ており、これまた整った柔和な顔立ちのイケメンである。

今のところ、会ったたいい男は漏れなく変態、いや、博愛主義者だ。同じ国の人間のはずなのに、文化が違うって悲しいと秀輔はさめざめと思う。

◇◆◇

陰陽頭《おんみょう》の清嗣《きよつぐ》を訪ねてから、早くも五日が経っていた。本当はすぐにでも帰路探索に動きだしたかったが、あの日、三条邸《さんじょうてい》に戻った秀輔は熱を出した。たぶん、入れ替わりタイムスリップの事実を知って衝撃を受け、光玲《みつあき》に抱かれた疲労も要因だろう。

結局、二日も寝込んでしまった。起きあがれるようになっても、光玲が過保護なまでに心配し、外出を許してくれなかったのだ。この間、彼は仕事以外の時間はずっと秀輔のそばについていた。

そして今日、ようやく帰る方法を探す具体的な行動に移る。

再び帝の提案で、光玲ともども、東宮のもとへ来ている。なんでも、自分がこちらの世界へ現れた際、現場を目撃したのが帝と東宮と光玲らしい。その場に居合わせた彼らが、ひととおりの状況と秀輔の今後について説明するよう所望したという。

　この時代における最重要人物ゆえに、さもありなん。なにしろ、行動の自由をまずは許可してもらわなければならなかった。帝の許しは、すでに光玲が賜ってくれている。帝自身も、なにか手伝いたいと言っていたと聞いてちょっと驚いた。

　無論、立場上さすがに無理なので、援助は渋々断念した顛末《てんまつ》だ。実際は、そういう体を装いながら、清嗣に詳細を聞いている帝がおもしろがっているだけだが、秀輔は知らない。

「わたしも、時間があるときは協力を惜しまないよ」

「どうも」

「それにしても、見れば見るほど秀輔は美しいね」

「う……」

　やっぱり、変態遭遇率驚異の百パーセントか。

　ゲイとかバイセクシャルといった性癖を隠したがる現代なら、草の根運動的な地道な努力をしてようやく見つかる対象なのにと唇を噛《か》む。

　平安のやんごとなき身分の方々は全滅だなと、秀輔は地味に落ちこんだ。

「そうそう。美しさ繋《つな》がりで、手始めにわたしのいとこを紹介しようかな」

「え?」

　どういう意味だと首をひねる。なにがどう繋がるのか理解不能な秀輔をよそに、東宮が光玲に声をかけた。

「光玲、今から澄慶《ちょうけい》のもとへ行っておいで。事情は文で伝えてある。彼なら、清嗣とはまた違う情報を持っているかもしれないからね」

「たしかに」

「陰陽道だけでなく、別の専門家にも意見を仰ぐといいよ」

「はい。では、早速参ります。貴重なご助言を賜り、ありがとうございました。秀輔、行くぞ」

「……って、どこ行くの？」

さっぱりわけがわからず眉《まゆ》をひそめる秀輔の腕を、光玲が摑《つか》んで立たせた。

東宮に形ばかり辞去の礼をとり、手を引かれて御所内の廊下を歩く。ちなみに、本日もものすごく早い時間に起こされて自宅を連れだされたため、外はまだ暗い。出仕する人影もなかった。

自分の存在を、あまり公《おおやけ》にしたくない帝の意向は聞かされていた。秀輔にとっても、そちらのほうが都合がいい。

どうせ、今だけ一時的にいる世界だ。できる限り目立たぬ方向が望ましい。

閑散とした中を門へと向かう光玲に、秀輔が再度訊《たず》ねた。

「ねえ、どこに行くのさ」

「慶涼《けいりょう》寺だ。そこに澄慶殿がいらっしゃる」

「へ⁉」

だから、どうしていきなり寺なのか理解不能だ。澄慶という人物も謎《なぞ》だった。

牛車《ぎっしゃ》に乗ってすぐ詳細を訊《き》こうとしたものの、光玲に妙なちょっかいをかけられてそれどころではなくなる。

「ちょ、どこ触って…っ」

「じっとしていないと転がり落ちるぞ」

「光玲が変なことやめろよ」

「そなたを抱きしめているだけだろう」

「尻《しり》を撫《な》でながら白々しい！」

光玲の胸元にすっぽりと抱き寄せられて、身動きがとれない。なにぶん狭い車内なので、抗《あらが》うにも限度があった。迂闊《うかつ》に大暴れすると、外の従者に中を垣間見《かいまみ》られてしまいかねず、最小限の抵抗しかできないのが忌々しい。

不意に、いい香りが鼻先をくすぐった。ほとんど一緒にいるせいで、秀輔にも移り香があるにせよ、すっかり、光玲＝伽羅《きゃら》のイメージだ。

「仕方あるまい。秀輔を前にして、五日も添い寝のみを強いられたのだ」

「そ……」

上品に微笑《ほほえ》んでの台詞《せりふ》だが、内容は『性欲溜《た》まってます』である。その対象が自分という事実が悲惨極まる。

ぜひとも責任能力なしと看做《みな》し、無罪放免にしていただきたかった。しかし、無理とわかっている秀輔がせめてもの反論を試みる。

「…キスとかしといて、よく言うよ」

「それは、そなたが色っぽく潤んだ瞳《ひとみ》で私を誘ったからだ」

「熱が出たら、誰《だれ》だって目くらい潤むし!!」

「照れる姿もまた愛らしいな」

「……っ」

まるで、暖簾《のれん》に腕押しの光玲にげんなりした。

保護の約束を交わして以来、彼は忠実に秀輔を恋人扱いする。しかも、溺愛《できあい》といっていい。側近の悠木《ゆうき》すら驚くほど、心尽くしで甘やかす。

秀輔の衣装を最上級の絹織物で何着もつくらせたり、入手し難い巻物や本を読ませてくれたり、貴重な菓子を取り寄せて食べさせたりと凄《すさ》まじい。

寝るときも、同じ部屋で抱きしめられて眠っている。

暗闇《くらやみ》が怖い秀輔には助かる反面、身の危険が常につきまとう。キスとハグは、もはや挨拶《あいさつ》となり果てていた。砂を吐くくらい甘々な睦言《むつごと》やら賛辞が日常茶飯事な現状にも、涙が出そうだ。

ここでこての中世日本人のくせに、おまえは西洋人かといっそ真顔で言いたい。

「光玲って、絶対セクハラ達人だよね」

「『せくはら』とはなんだ？」

「たしか、性的嫌がら……わ。やめ…っ」

問い返されつつ耳朶《じだ》を甘噛みされて、答えが中途半端に終わった。嫌だとかぶりを振ったが、さらに耳孔へ舌先を挿《い》れられて身をすくめる。

「や、やだ……光玲…」

逞《たくま》しい肩口を、制止を訴えて拳《こぶし》で叩《たた》いた。案外容易《たやす》くその願いが叶《かな》って安堵《あんど》したのも束《つか》の間《ま》、今度は唇を塞《ふさ》がれる。

「んんっ」

セクハラの意味をわかってやっているのではと疑いたくなる連続業だ。

慌てて引っこめた舌は、あえなく捕獲された。吐息ごと奪う勢いの深いキスを振りきろうと、頑張って光玲の唇に噛みつく。怪我《けが》はさせない程度に、一応加減はした。

思惑どおり、彼のキスがほどけたが、なぜかさっきより漆黒の双眸《そうぼう》が俄然《がぜん》輝いている。

はてと首をかしげた秀輔に、暫定絶世の色事師《いろごと》が低く囁《ささや》いた。

「そなた、私を煽《あお》っているのか」

「ば……」

「愛《う》いやつめ」

ふっと笑った光玲が、本気でわからない。果たして、彼の脳内でどんな祭りが開催されているのだろうか。たぶん、エロカーニバルなのは確実だ。舞の名手らしいから、扇を手に見事な踊りを披露しながらも、頭の中は破廉恥三昧《ざんまい》とか。

「……嫌すぎる」

「うん？」

蕩《とろ》けるような優しい笑顔が実に怖い。

勝手にひとりで盛りあがり、迫ってくる光玲を秀輔が両手両足を使って遠ざける。ここでのこれ以上の狼藉《ろうぜき》は、なんとしても阻止せねばならなかった。焦《じ》らすなと、勘違い炸裂中の彼と攻防戦を展開する。どこか遊び半分っぽいのが恨めしい。

そのうち牛車が止まり、外から、やや硬質な声がかけられた。

「光玲さま。慶涼寺に着きました」

どうにかことなきを得て、胸を撫で下ろす。ちょうどいいタイミングで救いの手を差し伸べてくれた声主に、秀輔はよろこび勇んで返事をした。

「すぐ降りるよ、季忠《としただ》さん！」

「おい、秀輔」

隙《すき》をついて光玲の腕をすりぬけ、牛車の前方にある御簾《みす》をめくる。

御簾脇《わき》で待機していた、がっしりした体格の青年が微《かす》かに片眉を上げた。左大臣家に仕える武人の最高責任者で最も腕が立ち、親戚《しんせき》筋でもあるという早良《さわら》季忠だ。

普段は、左大臣邸で警護の任務にあたっているが、今回は帝の口添えで特別に秀輔の専属護衛につくことになった。武人なだけあって、季忠も光玲並みの長身を誇る。光玲いわく、剣や弓、体・柔術に秀でているだけでなく、教養もある文武両道の人らしい。

少し強面《こわもて》だが、容貌《ようぼう》は精悍《せいかん》でかっこいい。いかにも実直でストイックな、忠義に厚い性格なのが顔に表れている。寡黙なところも素晴らしい。

これまでに見知った高貴な平安チャラ男たちに比べると、激しく好感が持てた。

万が一、季忠も軟派男だったらと考えただけで寒気がする。軽いノリながら腕ずくで口説《くど》かれた日には、自分が彼の額を弓矢で貫通させてやるかと思ったくらいだ。

感性が合うって大事だなと、しみじみ噛みしめる。

「秀輔さま、危のうございます。お手を」

牛車から飛び降りかけた秀輔を、季忠がやんわりとめた。たしかに、地面まではけっこうな高さがあるので、差しだされた手に遠慮なく摑まる。

「ありがとう。でも、季忠さん。俺まで『さま』つけて呼ばなくていいよ?」

「ですが」

「俺は、光玲の家のただの居候だし。普通に秀輔でいいからね」

「……善処いたします」

用意された榻《しじ》と呼ばれる足場を踏み、地面に降りて促すと、彼が逡巡《しゅんじゅん》の末にそう答えた。

きまじめさに溢《あふ》れた返答も好ましく、満面の笑みを向けた秀輔の眼前に、突如光玲が割って入った。季忠にあずけていた手をとり、足早に歩きだす。

「光玲？　ちょっと、危ないって」

いまだ明けきらぬ空では、足元がよく見えなくて心もとない。加えて、目的地の寺院はなだらかだがかなりの数の階段をのぼりきった高台にある。

ときを置かず、季忠が灯《あか》りを持って追いついてきた。

無言で歩を進め、大きな門に辿《たど》り着く。東宮の言うとおり話は通っているようで、難なく中へ招き入れられた。

いくつもの灯籠《とうろう》が広い境内を照らす光景が、幻想的に映しだされる。建物自体も大きく荘厳で、見るからに立派なつくりだ。

思わず、秀輔が感嘆の声を漏らす。

「うわぁ。なんか、光玲の部屋の燈台《とうだい》が巨大化した感じ」

「……巨大な燈台」

風雅の欠片《かけら》もない感想を述べた秀輔の隣で、光玲がせめて蛍とか言えないかと溜《た》め息《いき》をついた。処置なしとかぶりを振った彼が、半ば呆《あき》れ口調で解説してくれる。

「この慶涼寺は、灯籠寺《でら》としても有名でな。通常は、御上《おかみ》か皇族の方々がおみえになるか、行事のときにしか灯《とも》さないと聞くが、今日は特別のようだ」

「ふうん」

それがどれだけ破格の扱いなのか、いまいちぴんとこない。きれいだし、暗闇が明るく照らされてナイスと実用的な役立ちっぷりのみを評価する。

長い廊下を案内される間も、軒先の意匠を凝らした釣《つり》灯籠を楽しめた。

ほどなく、先を行く寺院の人が足をとめ、いったん室内へ声をかける。次いで、恭しい仕種《しぐさ》でこちらに向かって中を指し示した。

鷹揚《おうよう》にうなずいた光玲について、秀輔もその部屋に入る。護衛の季忠もつづいた。

上座の席に座る人物と目が合った途端、ふわりと微笑みかけられた。一瞬、性別の判断に迷うくらい、匂《にお》い立つような佳人がそこにいた。

清嗣とはまた違った清楚《せいそ》な美貌《びぼう》に瞠目《どうもく》する。ほっそりとした身体《からだ》つきとたおやかな風情が、儚《はかな》い印象を抱かせて庇護《ひご》欲をそそる典型的な和風美人だ。

なんだか、変態もだが美形遭遇率も異様に高い。また、目の前の人は今まで会った誰とも衣装と髪型が異なった。

服装は貴族が着る衣冠《いかん》や直衣《のうし》姿ではなく、かといって従者や庶民のものでもない。黒に近い紫色の法衣《ほうえ》を身に纏《まと》っている。

結いあげずに胸元あたりで切りそろえられた髪とあわせて察するに、僧侶と思われた。

光玲と並んで、秀輔が下座に腰を下ろす。深々と礼をして、光玲が口を開いた。

「澄慶さま。このたびは突然の訪問をお許しくださり、ありがとうございます」

「お気になさらず、光玲殿。東宮様から話は聞き及んでおります。わたくしでお役に立てるのならば、いかようにも協力しましょう」

「恭悦至極に存じます」

なるほど。この人が例の澄慶か。東宮のいとこと言っていたから、今上帝の甥《おい》にあたる。

要するに、僧侶とはいえ皇族だ。光玲が畏《かしこ》まるのもわかる。

もしかしたら、ここ自体が出家した皇族専用寺院なのかもしれない。この時代、そういうVIP御用達《ごようたし》の寺院があったはずだ。なんとなく、これが本当の「天下り」だなと考えていると、澄慶に話しかけられた。

「あなたが、三浦《みうら》秀輔殿ですね」

「あ、うん。そうだけど」

「……やはりか、秀輔」

「ん？」

よろしくとつけ加えた秀輔に、光玲が盛大に肩を落とした。なにがやっぱりなんだと首をかしげる。

高貴な相手だろうが、相変わらず自由すぎる言動を嘆かれているとは気づかない。そんな自分たちを見比べて、澄慶が笑みを湛《たた》えた。

「よいのですよ、光玲殿」

「そうおっしゃっていただけると幸いです」

「秀輔殿、わたくしは澄慶と申します。見てのとおり僧侶の身ですが、可能な限りあなたのお力になりますので」

おっとりした話しぶりや落ち着いた物腰からも、澄慶の穏やかな性格が窺《うかが》えた。

同じ美人でも、能面で冷淡な清嗣より全然和む。この人とは仲良くなれそうと直感した秀輔が、にっこり笑った。

「ありがとう。じゃあ早速、タイムスリップ…じゃなくて、時空間移動について知ってることがあったら教えてくれるかな。なんでもいいよ」

「時空間移動、ですか」

前置きなしの単刀直入な問いかけに、隣で光玲が溜め息をついたが無視する。しかし、東宮経由で経緯を承知の澄慶からも、めぼしい情報や帰る方法に繋がる具体策は入手できなかった。

仏の道とタイムスリップでは、しょせん無理があるとわかっていても残念には違いない。

がっくりと落ちこむ秀輔を、光玲が励ます。そこへ、澄慶のやわらかな声で和歌が詠《よ》まれた。

その内容が、遠く離れた故郷を懐かしむ旅人の心情でぐっとくる。

「お役に立てないかわりに、せめてもの慰めになればよいのですけれど」

申し訳なさげな表情で言う澄慶の優しさが、心に沁《し》みた。そういえば、こちらの世界に来て和歌を詠む人を見たのは初めてだ。

本来の目的は未完遂に終わったものの、中世の文化が大好きな秀輔の好奇心が刺激された。

「すごい、澄慶さん。今の歌、即興だよね」

「ええ。少しは、お心が軽くなりましたでしょうか」

「うん。ていうか、個人的に歌を詠んでもらうなんて贅沢《ぜいたく》な気分」

初体験に浮かれる秀輔を、光玲がさらに煽る。

「まさに贅沢の極みだな。澄慶さまは、書の才能も抜きんでておいでだが、当代きっての歌人でもいらっしゃる。あちらにかけられている和歌の書を見れば、一目瞭然《いちもくりょうぜん》だろう」

「え。あれって、澄慶さん直筆なの？　ほんと、達筆だ」

「いえ。ほんの手慰みですから」

無邪気に絶賛された澄慶が、白い頬《ほお》をわずかに染めて謙遜《けんそん》する。ほかにも作品があったら見せてほしいとねだると、恥ずかしそうにしながらも披露してくれた。

高貴な雰囲気に反して、控えめなのがとても好感度が高い。

和歌は勉強で齧《かじ》った程度だが、書道は子供の頃から習っている秀輔だ。澄慶の腕前が並々ならぬものだと感嘆し、感銘を受けた。そして、ふと気づく。

「そっか。俺、今、超本場にいるんだよね」

「なに？」

呟《つぶや》きに反応した光玲そっちのけで、現状のレアさを再認識した。同時に、中世の文学や芸術も好きな秀輔の探究心に火がつく。

これはいわば、現地留学である。それも、本来なら絶対に不可能なケースだ。語学留学に海外へ行くといった場合とはわけが違う。なんといっても、太平洋だの大西洋でなく時間を越えているのだから。

リアルタイムで和歌に触れられるなんて、現代ではまずありえない。まさに、ネイティブ平安歌人だらけの世界にいて、なにも吸収せずにいるなど、イタリア旅行に行ってパスタやピザを味わわずに和食レストランで食事するレベルでもったいない。

せっかく本場に出向いておいて、なにをやっているのだという話だ。

不本意なタイムスリップの元を取る意味でも、大好きな平安時代の文化を実地で学んだとてバチは当たるまい。それくらいの特典がないと、霞《かすみ》を掴むような帰路探索はやってられないという思いもあった。

早く帰りたいのはやまやまだが、簡単にはその方法は見つかりそうもない。だったら、塞ぎがちな気持ちの転換にもなって一石二鳥だと、秀輔は澄慶に即決で言った。

「あのさ、俺に和歌と書を教えてくれないかな」

「え?」

意外そうに双眸を瞠《みは》る澄慶へ、笑顔でうなずいてつづける。

「澄慶さんが暇なときでいいんだ。俺、ちゃんとまじめに習うから」

「秀輔、ご無理を申しあげては…」

「かまいませんよ。わたくしでよければ、よろこんで」

「澄慶さま!?」

「やった!」

畏《おそ》れ多いと光玲が秀輔を窘《たしな》める途中で、澄慶が快く願いに応じた。

何度目かの深い溜め息をつく光玲は放置し、秀輔が礼を述べる。

「ありがとう、澄慶さん。俺、頑張るね」

「いえ。秀輔殿のお力になれなかったわたくしの、せめてもの気持ちです。このくらいのことはなんでもありません。一緒に楽しく勤《いそ》しみましょう」

どこまでも優しく、心の広い澄慶にさらに感激する。

これ以降、秀輔は独自に帰る方法を探す傍ら、暇を見つけては慶涼寺に通った。その際、光玲が必ずつき添う。無論、それ以外の場所へ行くときもだ。

基本的に、光玲同伴でない外出は禁じられていた。第三者に不用意に顔を見られても困るし、なにより治安が悪いのが原因だった。そこは秀輔も納得済みである。

形式上、帝の密命を受けている状況ゆえに、秀輔の保護が最優先事項らしい光玲は、頭中将《とうのちゅうじょう》としての仕事もこなしつつなので、以前より忙しくなったという。それでも、朝の暗いうちに参内したあとや休日も、秀輔につきあってくれる。

現在は、光玲の手元にある書物を読み耽《ふけ》る日々だ。彼はかなりの読書家のようで、邸《やしき》の書庫にはあらゆる分野の本がたくさんあった。タイムスリップに結びつく手がかりがないか、とにかく一冊ずつしらみつぶしに読んでいる。

すべてを読破するには、いささか時間がかかるが仕方なかった。

そうして今日は、澄慶のもとを訪れる。初対面から半月あまり経つが、すでに五回目の訪問になっているのは、習い事のほかに光玲の宿直の日も秀輔が泊まりにいくためだ。とはいえ、当初は光玲に猛反対された。

「澄慶さまと寝所をともにするなど、いくらなんでも不敬だろう」

「だって、光玲、仕事でいないじゃん」

「それにしてもだな」

「俺、真っ暗な中でひとり寝は嫌だよ」

「燈台を灯して寝ればいい」

「あれ途中で消えるし。目が覚めたとき暗いのやだ」

「だが」

「じゃあ、悠木と寝てもいいけど」

「いや…」

そういうわけにもいかないと渋りに渋られたものの、暗闇恐怖症の秀輔もその倍は駄々をこねまくり、結局、当人に訊いた経緯だ。

さすがの光玲も、澄慶に承諾されては強硬姿勢もとれなかったようだが、いまだにあまりいい顔をしない。まさか彼が、澄慶相手に嫉妬《しっと》じみた感情を覚えて複雑な心境なのだとは思いもよらなかった。

なにしろ、秀輔としては『本物の平安歌人に和歌を習えて超ラッキー』という、ただのミーハー根性に尽きる。まして、光玲がそこまで自分に思い入れがあるとは想像もしない。単に、いつまで経っても男同士の行為に慣れない自分を楽しみ、恋人ごっこを続行中と考えていた。

体調が回復して以来、光玲からはほぼ毎晩求められているからなおさらだ。もちろん、毎回応《こた》えていてはこちらの身がもたないので、三回に一回程度しか応じていないけれど、あくまでそれは本番の回数である。

身体を繋げる最終局面にいたらずとも、濃厚な愛撫《あいぶ》は毎夜されていた。

どんなに嫌だと抗おうが、腕力と体格で敵《かな》わず陥落させられる。また、情事中の光玲は普段よりいくぶん意地悪だから性質《たち》が悪い。

秀輔が恥じらえば恥じらうほど、破廉恥なことをしかけてくる。泣くまでいじめられるのも珍しくなく、悠木がそばにいようがかまわず、公開エッチもされた。当然、終わったあとに烈火のごとく怒ったものの、彼は鷹揚な笑顔で聞き流す。

麗しいそなたがいけないのだと戯言《ざれごと》をほざく口を、冗談ぬきに縫いつけてやりたかった。もしくは、上下唇にピアス感覚で穴をあけて南京錠《なんきん》をかけて永遠の沈黙を強いてもいい。

仮に光玲をプロファイルしたら、天才的に口が巧い知能犯タイプに分類されそうだ。実際の恋人でもない自分に対して、これだけ澱《よど》みなく甘々な台詞を言えるなんて、もはや才能といえる。

恋愛方面のみ特化したセクシー脳が異常発達、フェロモン垂れ流しが特徴である。他の追随を許さない抜群の色気と、円熟の域に達した性技手管が得意技なのがなんとも恐ろしい。いったん寝技に持ちこまれたが最後、降参しようが一定の愛撫コースは履行されてしまう。

ほとんど毎朝、彼の腕の中で目覚める羞恥《しゅうち》も相当なものだ。

昼間に悪戯《いたずら》された際など、うっかり気絶させられて、気づけば光玲の膝枕《ひざまくら》で寝かされていたこともあった。男の膝枕なんて腕枕以上に恥ずかしいと喚《わめ》いた秀輔に、彼は優雅な微笑みとともに答えた。

「ならば、私も添い寝して、尻枕にすればよかったか」

「尻……?」

なんだそれはと訊きかけて、すんでのところでやめた。

腹這《はらば》いになった光玲の臀部《でんぶ》に頭部を乗せて寝る己が脳裏に浮かんだせいだ。

「膝よりは、多少弾力があっていいと思うが」

「……いや。弾力とかの問題じゃないし」

「そうか。では、いっそここでもい……」

「いいわけあるか！」

自身の股間《こかん》を指しての光玲の恐ろしい代替案を即行で却下する。

男の膝も腕も微妙なのに、なにが悲しくて尻やら股間の上で寝なくてはならないのか。罰ゲームを通り越し、確実に嫌がらせだろう。そんなものの上で目が覚めようものなら、自らの頭を拳で殴りつけてでも眠りの世界へ強制的に逆戻りしたくなる。

「位置的には膝枕とたいして違わないがな」

「精神的に大違いだし、大打撃を被るから」

「秀輔は本当に、恥ずかしがり屋だ」

「そ……」

言葉がないという経験を、秀輔は光玲といると何度もする。

エロ方面以外では、非常に頼り甲斐《がい》のある男だけに残念でならなかった。

本日も、慶涼寺へ行く途中、牛車内を淫靡《いんび》なムードにしようとちょっかいをかけてくる彼を躱《かわ》しつつ、澄慶に見てもらう和歌を脳内で反芻《はんすう》した。

澄慶を訪ねる日に限って、光玲のかまい方が濃密になっている事実に秀輔は気づいていない。

いつものとおり、昼餉《ひるげ》が終わった頃を見計らって慶涼寺をおとなう。すでに、硯《すずり》や墨など必要な道具をそろえて待っていた澄慶が、秀輔と光玲を見てたおやかな微笑みで出迎えてくれた。

「おふた方とも、いらっしゃい」

「こんにちは、澄慶さん。今日もよろしくね」

「澄慶さま。お邪魔させていただきます」

警護の季忠を伴い、広い居室へ入る。礼儀正しく挨拶し、腰を下ろした光玲とは別に、秀輔は持ってきた和歌を懐から取りだして、上座にいる澄慶へいそいそと近づいた。

「はい、これ。どうかな?」

「拝見しましょう」

花という題目を出されていたため、春らしい歌に仕上げている。きちんと季語も入れたし、先日習った韻を踏んだりもした。

おっとり温厚な人柄の澄慶は教え方も丁寧でうまく、秀輔の質問や書の練習にも、嫌な顔ひとつせずに根気よくつきあってくれる。

光玲が宿直の夜に泊まるようになってからは、さらに身近な存在になった。

光玲より一歳だけ年長の二十六歳というが、かなり落ち着いている。光玲も大概動じない男なものの、そこは僧侶ならではの修行の賜物《たまもの》だろうか。

秀輔にとっては、やたらときれいで優しいお兄さんができた感じで和む。前々回のお泊まりの際、着替えるときに情事の痕跡《こんせき》を目撃され、光玲との関係を知られて気遣われてからは、殊に親しみがわいた。清嗣や悠木の淡々とした反応ではない、遠慮がちで訊きづらそうながらも親身な心配がうれしかった。

なんでも、噂《うわさ》で光玲の艶聞《えんぶん》をよく聞くらしい。万が一、秀輔の意に反していては大変と思ったようだ。そういう気配りは初めてで、さらに澄慶への好感は増した。

光玲との交換条件を披露し、一応納得ずくなのも話している。

「全体的によくできていますね」

「ほんと？」

「ええ。ただ、一点だけ。ここはこうしたほうが、よりよくなるかと」

「あ。なるほど。さっすが澄慶さん、一流の人は違うなあ」

「褒めても、なにも出ませんよ」

「本音だし。それに、澄慶さんがいるだけで俺は超満足だもん」

「わたくしも、秀輔殿と過ごすひとときはとても楽しゅうございます」

互いに見つめあい、にっこり笑みを交わす。

同じ伽羅ベースだが、光玲とは微妙に違った香の香りもいい。気品溢れる澄慶に似合いの香に吸い寄せられるように、秀輔は自らと同体格の彼に抱きついた。

「俺、澄慶さん好きだな。一緒にいると、すごく安らぐ」

「それはわたくしの台詞です」

「俺たち、ラブラブだね」

澄慶にも軽く抱き返されてほんわかしつつ、おどけた調子で言った。微笑みながらも、澄慶が微かに首をかしげる。

「秀輔殿、『らぶらぶ』とはどういう意味なのですか？」

「そっか。えっとね、なんていうか……こう、激しく両想いみたいな感じ」

説明した途端、澄慶の頬にほんのり朱が差す。控えめかつシャイな反応が微笑ましかった。

禁欲的な僧籍の身とあって、彼はこの手の話題だけは余裕を失くす。その辺も自分と感覚が似ていて、共感できる所以《ゆえん》だった。

「もちろん、変な意味じゃないよ。人として澄慶さんと通じあってるっていうか、すごく信頼できる親友って感覚かな」

「そんなふうに言っていただけるなんて、ありがたいですね」

「そういう謙虚なところも好き」

押しの強い面々が多い中、楚々《そそ》とした澄慶の存在は貴重だ。

本気で癒《いや》されると腕に力を込める寸前、低い声が割って入った。

「秀輔。いい加減に離れろ。澄慶さまにも失礼だろう」

「いえ。光玲殿、わたくしは…」

「誠に申し訳ございません」

「ちょっと、光玲。腕、痛いってば」

「そなた、澄慶さまに甘えすぎだぞ」

力ずくで光玲に引き剝《は》がされて、下座へ連れていかれる。邪魔するなよと文句を言うと、視線で窘められた。憮然《ぶぜん》となった秀輔を澄慶が苦笑まじりに宥《なだ》め、次は書の練習へと移る。

楽しいときはあっという間に過ぎ、気づけば帰る時間が迫っていた。

見送ってくれた澄慶に、名残惜しさ満々で再び抱きつく。

「何日かしたらまた来るね」

「その日を指折り数えて待っていますよ」

はんなりとした笑顔で言う澄慶へ手を振り、浅沓《あさぐつ》に足を入れた。

慶涼寺からつづく階段を下り、下で待機していた牛車に乗りこむ。道中も三条邸に帰り着いてからも、珍しく光玲の機嫌は悪かった。たぶん、いくら言い聞かせても皇族に連なる澄慶に馴《な》れ馴れしく接する秀輔に呆れているのかもしれない。

しかし、そこのけじめをつけろと言われても、いささか難しい。国民皆平等、身分制度などない社会育ちの自分には、階級の違いはいまいち実感できずにいた。

せっかくできた気が合う仲間と親しくして、なにがいけないのかと思う。

澄慶本人もいいと言っているのだ。光玲が口出しするほうがおかしいと、咎《とが》めるような眼差《まなざ》しを送る彼から明後日《あさって》の方向へ視線を逸《そ》らす。

「あ」

その視界の端に、ちょうど部屋から退出しかけの季忠が入った。邸内といえど、万全を期して光玲の居室まで毎度送り届けてくれるのだ。

今、光玲とふたりになるのは気まずくて、秀輔は咄嗟《とっさ》に引きとめた。

「ねえ、季忠さん」

「はい」

なにかと静かに問う季忠もまた、澄慶とは別の意味で禁欲的な雰囲気を持つ。常に己を律し、精神を研ぎ澄ましているとでも言えばいいか。

有事に備えて日頃の鍛練も怠らないタイプだなと納得した秀輔が、はたと思いつく。

そうだった。本物の歌人だけでなく、ここには武人もいた。それも、相当に腕の立つ武道の達人とくれば、護身術のひとつも教わっておいて損はあるまい。

帰路探索と和歌と書はインドアなので、身体のなまり防止にもアウトドアで運動要素の強い武術を習おう。バランスもとれて健康的だし、暇がないくらい動いていたほうが余計な不安も感じずにすむ。

いいアイデアだと、秀輔は満面の笑顔で季忠のそばへ行った。

「俺に護身術を教えてくれないかな」

「は……？」

虚をつかれた表情で固まった季忠に、さらに言い募る。

「簡単なのでいいよ。ほら、いざってときに俺も反撃できたらと思って」

「まあ、たしかに」

「ね。だから、ぜひ手ほどきしてほしいんだけど」

「わたしはかまいませんが」

おおいにかまう相手がいるのではとでも言いたげに季忠がちらりと光玲を見遣《みや》ったが、秀輔はかまわず季忠の腕をとった。そのまま、庭へとふたりで降りたつ。

「秀輔さま」

「『さま』はなしって言ったよ。さ、教えてくれる?」

基礎からと頼むと、季忠が小さく溜め息をついた。次いで、光玲へ軽く一礼し、秀輔に向き直った。まずは解説をされ、そのあとが実践編だ。

澄慶同様、季忠の教え方も懇切丁寧だった。文字どおり、手とり足とり実地で身体にも叩きこまれる。ある程度、運動神経に自信はあったが、こつを摑むのに苦労した。

「秀輔さまは、呑《の》みこみが早い」

「ううん。全然だめだ。武道って奥が深いね」

というか、また『さま』づけで呼んだとつっこんだら、では『殿』づけでと返された。それも微妙だと言い返したけれど、勘弁してくれと困った顔をされる。逆に、季忠のことを呼び捨てにしてほしいとお願いされる始末だ。

なぜと首をひねったものの、光玲は敬称なしなのにと今さらな指摘にあった。

そういえば、光玲については初対面から呼び捨てだ。なんとなくすんなり呼べたし、しっくりきている。年上相手に失礼とか考える以前に、彼の存在が強烈なほど脳裏に刻まれて離れなくなった感じか。

なにしろ、この時代に飛ばされて初めて会った人だ。なおかつ、初めて見た実物の平安人で、なにもかもが印象深かった。

誰よりも身近に光玲を捉《とら》え、甘えている自覚が秀輔にはない。だいたい、光玲自身が許可したのだから問題はないはずだ。

「光玲は、もう光玲だし」

「では、わたしも季忠で」

「季忠さんは、季忠さんだよ。澄慶さんと一緒で、自然と敬いたくなるっていうか、人徳？　ま、いわば、キャラの問題かな」

「ほほう。私が敬えないとは聞き捨てならんな」

「ぎゃっ」

突如、背後から首に腕を回されて身体ごと引っ張られた。

向かいにいる季忠が苦笑を湛えながら、会釈して踵《きびす》を返す。

ちょっと待て。今こそ、この狼藉者の確実な撃退法を伝授する絶好の機会ではないのか。もし、つけ届けが必要なら、あとで考える。現金は持ってないけれど、光玲にもらった着物とか高価そうで賄賂《わいろ》には充分だろう。

人にもらった品物を横流しする気の秀輔を咎めるように、抱きすくめる腕に力がこもった。習いたてほやほやの初歩どまりでは、体格差のある光玲には敵わない。まして、後ろをとられていてはお手あげ状態である。

「み、光玲っ……なにす…」

「ん？」

おもむろに耳朶を噛まれて焦った。不本意だが、光玲発見・開発による耳周辺は秀輔の弱点で、特に耳の後ろの薄い皮膚は弱い。それを承知の彼が、ねっとりとそこを舐《な》めあげる。

「ぁ…っく」

砕けたがる膝を根性で叱咤《しった》し、甘ったるい声も押し殺す。

腰に回った光玲の腕を外すべく抗ったが、ますます引き寄せられた。

「やだ。離せよ」

「人の気も知らずに、そなたはまったく」

「なに…？」

「誰彼なく親しむにもほどがある」

「っは、あ……んん」

耳裏を痛いほど強く吸われて、嬌声《きょうせい》が漏れてしまう。

「やっ……痕《あと》、が…っ」

見える位置にキスマークをつけるなと詰《なじ》ろうとしたら、身体を反転され、舌を捩《ね》じこむようにして唇を奪われた。

こんな場所で堂々と変態行動に及ぶ彼の度胸というか、図太さは変わらない。

庭で武道訓練をするとか木花を愛《め》でるならともかく、男同士のキスはいただけなかった。いくら私有地の敷地内といえど、路チュウと同等に軽犯罪法違反になりうる破廉恥行為には断固反対したい。どこに人目があるかわからないのだ。

「や……光、玲…」

角度を変えてのキスの合間に制止を訴えたが、聞きやしないので、光玲の足を膝で数発蹴《け》ってやった。

「うっわ。な……ちょっと!?」

思惑どおり、唇がほどけたのはいいものの、次の瞬間、抱きあげられて仰天する。

横抱きにされたまま、軽い足取りで室内に連れこまれ、畳に組み敷かれた。すかさず、指貫《さしぬき》の上から股間に触れられる。ぎょっとして逃げを打つ寸前、彼の手が淫猥《いんわい》に蠢《うごめ》いた。

「光玲、やめ…っ」

「己が魅力に無自覚なのも、少々問題だな」

「問題、なのは……そっち…だろ」

いきなり、しかつめらしい顔つきで問題児扱いされて憮然とした。すぐにエロ方面へ持っていこうとする光玲のほうが、むしろ大問題だ。

声高にそう反論して抵抗しようにも、体重をかけて押さえこまれている上、さらりと躱される。

「しかも、私をこれほど惑わせるとは」

「はあ?」

血迷い中の自覚ありなら、なおさら即刻中断だ。

なんとも理不尽な台詞に秀輔が眉をひそめる間も、直衣は順調に乱されていく。相変わらずの早技と脱がしっぷりが腹立たしい。

「あう」

緩んだ指貫のウエストの隙間から入ってきた手に、秀輔の性器が握られた。

現代で穿《は》くようなジャストフィット型の下着は、当然ながらない。唯一、身につけていた一枚も現在、御所に出張中だ。

光玲にその存在を聞いた帝《みかど》が珍しがり、ぜひ見たいと強制的に押収された経緯である。半ば、変則的な下着泥棒に遭った気がしないでもなかった。

帝をさっくり変質者扱いする秀輔は、不敬罪で投獄どころか公開処刑されそうなことを平気で考える。試し穿きだけは絶対にやめてくれと頼んではみたが、あの帝では怪しいかもと普通に思ってもいた。

さすがに自らはせずとも、ほかの誰かに穿かせて見物くらいはしそうだった。そんな得体の知れないパンツは、ちょっと身につけたくない。

かといって、下着なしでの生活も正直微妙だ。慣れなくて落ち着かないし、季節柄寒い。なにより、こういう緊急時に一番困る。

直《じか》に触られ放題の恥辱回数も、二桁《けた》に迫っていた。

「やっ……ぁ…だ、から…ノーパンは……嫌なんだ！」

「『のーぱん』とはなんだ？」

「……っっ」

内容的に説明するのも苛立《いらだ》たしくて、手足をいちだんとばたつかせて大暴れした。

「も、離せ…っ」

「こんなに濡《ぬ》らしているくせに、やめたらそなたがつらいぞ」

「ば……んっ、あ」

「さあ。もっと脚を開いて」

「い、や…」

抵抗を巧みに封じられ、開かされた脚からは指貫がずり下ろされる。

慌てて身をよじり、かぶりも振ったが淫《みだ》らな愛撫はやまない。それどころか、不意に上体をずらした光玲が、あろうことか秀輔の股間に顔を埋めて愕然《がくぜん》となった。

「!?」

これが噂のフェラチオかと、感慨に耽る感覚は無論ない。異性と健全な交際中でさえ未経験のプレイを、同性相手に初経験なんて無残極まる。

即座に跳ね起きて阻止しようとした秀輔が、あえなく畳に沈んだ。

エロ巨匠の技巧に隙などなかったためである。口淫《こういん》も卓絶とは恐ろしすぎる。性的方面全般において、完璧《かんぺき》を誇るプロフェッショナルなのかとあらためて慄《おのの》いた。

「う、ゃあ……ああ、っあ…ん」

温かい口内に局部をすっぽり包まれ、絶妙の刺激を与えられてあえかな呻《うめ》きがこぼれる。

鈴口を舌先でつつかれたり、吸われたり、やんわり嚙まれたりして惑乱した。そこから光玲を引き剝がそうと、伸ばした手が彼の烏帽子《えぼし》にぶつかる。その拍子にずれたそれを、光玲が片手で手早くとった。

この時代の貴族は、人前で頭を晒《さら》すことを恥と思っていたらしく、寝るときさえ着帽のままでいた者もいたとなにかの文献で読んだ。しかし、光玲は仕事や外出時を除き、自宅では烏帽子を被《かぶ》らずにいる場合が多い。どうも人によって違うようだ。

悠木に髪を結われている場面を見ることもある。だから、下ろすと腰付近まである彼の黒髪が意外にさらさらのストレートなのも承知だ。

きれいに整えられた髪を、秀輔は無意識に両手でまさぐった。

「や…あっ、んん……光、玲……光玲っ」

「なんだ」

「っは、あ……だ、だめ…ぅ」

「なにが？」

光玲が性器を銜《くわ》えたまま話すので、その振動にすら震える。

下腹部に溜まった熱が出口を求めて荒れ狂う。一刻の猶予もない状況にまで追いこまれた秀輔が切羽詰まって言い募った。

「離し…て……も、出るっ」

「かまわん」

「嫌、だ……かまえ！」

「飲んでやるから、出せと言っている」

「の……!?」

脳天をハンマーで殴られたような衝撃発言に、うっかり我慢の糸が切れた。やばいと思ったがすでに遅く、双珠も揉《も》まれながら性器の先端を甘く齧られて射精してしまった。

「あ、ん……あああっ」

下肢を波打たせ、不本意な解放に呑まれる。光玲ののどが鳴る音が聞こえた瞬間、いたたまれなさと羞恥の極致に陥ったが、ものすごい快感も覚えた自分が情けなくて、ばつが悪くてたまらない。

精液で濡れた唇を舌で舐めつつ、秀輔の股間から顔をあげた彼と目が合った。少し乱れた髪も色っぽいと、一瞬思った自分の錯覚に総毛立つ。

いやいや違う、しっかりしろ。相手は、いわば快楽の押し売りだ。

美形訪問販売員の色香に迷って『素敵』とのぼせあがり、言い値で品物を買うマダムばりに流されてどうする。

光玲に関する誤った見解を即行で削除し、正しく更新された情報をもとに、秀輔が涙目で彼を睨《にら》みつけた。

「あんなもの飲むなんて、なに考えてんだっ」

「美しいそなたの蜜《みつ》だ。甘露だと思うがな」

「か!? ……本気で言ってるなら、完全に味覚障害だよ」

「睦言の一環だ。それより、気持ちよかったか?」

「う」

全然。いっそ吐き気を催すほど最悪だったと、ここでクールに言いきれたらどんなにいいか。

今ばかりは、清嗣の憎たらしいまでの冷淡さが羨《うらや》ましい。

「まあ、さっきの様子では一目瞭然か」

「わかってたら、いちいち聞くなよ。悪趣味だな」

「そうか。図星か」

「……っ」

鎌《かま》をかけられたとわかった秀輔が真っ赤になる。意地悪く双眸を細める光玲が悔しくて、盛大な悪態をついてやろうと開きかけた口に、彼の唇が降ってきた。

「んんぅ」

己の精液の味と香りが残るキスだ。嫌がって振りきろうと頑張ったが、華麗なる舌技でまたも翻弄《ほんろう》される。気づけば、腰の奥に光玲の手が忍びこんでいた。

秘蕾《ひらい》を指先で撫でられて、我に返って身じろぐ。

どうにかキスから逃れ、至近距離の彼に怒鳴った。

「やだってば。昨夜《ゆうべ》したばっかりだろっ」

「私はいつでも秀輔がほしい」

「俺はやなの。毎日なんて、身体が壊れる」

光玲のセックスは丁寧で優しいが、とにかく長時間で執拗《しつよう》なのだ。とりわけ、挿入してからがしつこい。規格外の彼を挿れられて、延々泣かされるこちらの身にもなってほしかった。

もとの世界へ帰る前に、性行為のやりすぎで瀕死《ひんし》、もしくは廃人同然になりましたなんて残酷物語だろう。悲しすぎて涙も出ない。

「では、そなたもやってくれるか」

「は？」

「私のを口で」

「……っ」

太腿《ふともも》付近に光玲が腰を押しつけた。硬い物体の正体が嫌でもわかった秀輔が、断末魔の叫びをあげかける。

千切れんばかりに首を振って、恐ろしい申し出を思いきり拒んだ。

「絶っ対に嫌だ！」

そもそも、口に入りきらない。冗談ぬきに、口淫で窒息死というまぬけな死因になりかねなくてブルーになった。そんな恥ずかしい過失致死は、史上そうはあるまい。仮にあったにしろ、裏歴史として内々に闇に葬り去られて表沙汰《おもてざた》にはならないのだろうが、被害者は浮かばれないことこの上なかった。

「ふむ。わかった」

それでなくとも、同性の性器を銜える気になれるわけがない。

「うん。無理だから」

「仕方あるまい。手でよしとするか」

「そう、手でよしとす……って、うげ!?」

がっしりと右手を摑まれて奇声をあげた。拒絶を聞きいれられたと思って油断した隙をつかれ、対応が遅れる。いつの間にと呆れるほどの早業で、自身の指貫を寛《くつろ》げていた光玲の股間へと秀輔の手が導かれた。

直に触れる屹立《きつりつ》の熱さと脈動と無駄な立派さに、複雑な心境でうろたえる。

「ちょ……こ、こんなっ……やだ！」

「いつも私がそなたにしているようにすればいい」

「そ……うわ、ぬぬぬ濡れ…」

すっかり張りつめている熱塊が、先走りでぬめる感触に慌てふためく。自慰とはまったく違う背徳感に眩暈《めまい》がした。

即刻打ち捨てようにも、秀輔の手を包みこむ形で光玲が手を添えていてできない。逆に、もっと押しつけられて焦った。しかも、軽く腰も動かされて生々しさに拍車がかかり、頭上で微かに乱れる彼の呼吸も、見つめてくる眼差しも危うい。

「あっ…光玲…」

伸びあがった光玲が、秀輔の首筋に顔を埋めてきた。肌を優しく吸いながら唇が移動し、のどもとから顎《あご》、口元と徐々に上へ上がっていく。

ほどなく、視線を濃密に絡めて彼が甘く囁いた。

「秀輔、先のほうを少し強く扱《しご》いてくれ」

「…無茶、言う…な」

「ほら。こうだ」

「ひゃ」

光玲主導で指に力が入った途端、手の中の灼熱《しゃくねつ》がまた大きくなるから心臓に悪い。

実際に触ってみてあらためて、こんな物騒な塊を体内に挿れられていたのかと泣きたくなった。

よくぞ無事でと、自らの尻の息災ぶりが感慨深いと同時に、これでは翌日は腰が立たずに使いものにならないはずだと納得した。

それはともかく、今は直截《ちょくさい》極まる手動奉仕をぜひ中断願いたい。

「もう……勘弁しろよ」

「何度も閨事《ねやごと》をしておいて、この程度が恥ずかしいのか？」

さらに過激な行為をしているだろうにと揶揄《やゆ》されるが、そういう意味で秀輔から光玲の身体に触れたことはないのだ。触られ専門ゆえに、いざ能動的な行為となると羞恥神経回路が別部門へ切り替わる。

倫理部門や社会常識部門との協議もあるため、現在脳内はてんやわんやの大騒ぎだ。

「いいから、頼むってば」

「早く私を鎮めればいい」

「あとは自分でやって」

「いいや。そなたの手がいい」

「だから、却下！」

ごねる秀輔を窘めるように、光玲が包みこんだ秀輔の手ごと力を込めた。

咄嗟に動かした爪先《つめさき》が意図せず熱塊の切っ先をかすめてしまった直後、低い呻きとともに彼が吐精した。

「うぎゃあ」

生温《なまぬる》い精液で、てのひらを濡らされて絶叫する。

なんとも言い難いその感触に呆然《ぼうぜん》としつつも、頬にまで飛んできた液体がなんなのか、脳が即座に思考拒否した。

「ああ。顔にもかかったか」

「そ……」

しかし、聞きたくなかった事実を光玲があっさり告げる。うっすら殺意を覚えた秀輔が、ようやく自由を得た右手で殴ろうとした間際、彼が覆い被さってきた。

「な⁉」

「私の体液に濡れる秀輔も、淫らで美しいな」

「ば……う、そ…」

恒例となった正気かと疑いたくなる類《たぐい》の甘々台詞のあと、顔を舐められる。自らが放ったものなのにと唖然《あぜん》と呟いて双眸を瞠った。

殴るのも忘れて、されるがままになっていたら声がかけられた。

「失礼いたします。光玲さま、そろそろ夕餉《ゆうげ》の時刻です。…が、先に湯浴みと着替えのお支度を整えてきたほうがよさそうですね」

「悠木か。すまんな。そのように頼む」

「……もうやだ、俺」

またこのパターンなのかと、秀輔がゆるゆるとかぶりを振る。

いかがわしさ百二十パーセントの場面を、高頻度で悠木に見られる現実にはいまだ慣れない。仲睦《なかむつ》まじくてけっこうですねという悠木の好意的な態度も、大事な坊ちゃんに男を相手にさせていいのかとつっこみたくなる。

若君のご乱心を諫言《かんげん》するのが、側近の務めではあるまいか。

「畏まりました。只今《ただいま》、用意して参りますので少々お待ちください」

「………」

嘆きのあまり、ここで内心和歌でも詠んでみた。

ありえない　プライバシーゼロ　本日も　いつになったら　心和まん（字余り）

去っていく悠木の後ろ姿を見送りつつ、季語も情緒もない一句を考えて遠くを見る目になる。

澄慶にはとても披露できないお粗末な出来栄えにも落ちこみまくりの秀輔に、光玲が穏やかに微笑みかける。

「悠木もそなたを気に入っているようでなによりだな」

「……この状況に動じずに馴染《なじ》める図太さが俺はほし…っんん」

秀輔の心底本気の呟きは、懲りない光玲のキスに呑みこまれた。


「はあ。やっと全部読んだけど…」

両手をあげて、秀輔は首を左右に倒した。それだけでは足りず、立ちあがって胸も反らす。

前傾姿勢で縮こまっていた背骨が伸びる感覚に、大きく息を吐いた。

視界の隅には、朝から読んだ書物が積まれている。これで光玲所蔵の本はすべて読破したが、やはり帰る方法に繋がる手がかりは見つからなかった。

長時間の読書で目と肩が疲れた以上に、落胆が深い。まだほかの方策も試してないし、あきらめるつもりはないけれど、寂寥《せきりょう》感に胸が詰まった。光玲が仕事でそばにいない分、余計に孤独が身に沁みる。しかも、今夜は宿直で帰ってこない。

本来なら澄慶のところに泊まりにいくのだが、昨日から所用で留守だとかで叶わなかった。

「明日までひとりか」

もとどおりに座り、もの憂げな溜め息をつく。

光玲がいたらいたで昼夜を問わず悪戯されて大変なものの、いないと物足りない。かといって、寂しいとかではないのだ。単に、いて当然の人間がいないから居心地が悪いという話だ。別に、四六時中かまわれたり、破廉恥行為に及ばれないと嫌だとかはまったくない。

むしろ、秀輔の中で彼とのあれこれは普通とは言い難かった。こちらの世界にいる間だけの辛抱事項である。

ただ、あんな数々の狼藉を働かれていて、なぜか光玲を嫌えない。矢沢《やざわ》には触られるだけで鳥肌が立ち、吐き気もしたのに光玲だとそれがないのだ。

交換条件があって下手に逆らえないにせよ、嫌悪感すら覚えない自分に困惑していた。

夜は彼の腕の中でないと安眠できない事実にいたっては、国家機密レベルで漏洩《ろうえい》厳禁である。一度、心療内科へ行ったほうがと真剣に自分の脳が心配になったが、たぶんきっとあれだ。いわゆる、雛《ひな》の刷りこみ状態なのだと思い直した。

この時代に来て初めて見たのが光玲で、うっかりエッチまでしてしまった。ついでに、なりゆきで衣食住の面倒もみてもらっているせいだ。間違っても、鷹揚で優しくてかっこよくて、いつもいい香りをさせていて、でも情事中は時折意地悪な彼に惹《ひ》かれているわけでは絶対にない。

色事以外でも繊細に心を砕いてくれることも承知だけれど、ノーカウントだ。それくらいは、最初に無理やり抱かれた当然の見返りだ。

光玲を知れば知るほど、絆《ほだ》されてよろめきつつある己を、秀輔は認めたくなかった。自らの性癖はノーマルと信じたい思いもある。性道徳のユルさに短期間で染まるなんて、自分も相当ユルかったのかと己を真顔で問い詰めたくなる。いや。ユルくなってたまるか。地滑り的に郷に入ったりもしない。

まだ帰る方法が不明ゆえに、不安で気持ちが頼りなくなっているだけだ。そこで光玲がなにかと秀輔の世話を焼いて甘やかすから、ついその手をとってしまう悪循環というか。

そう。帰り方さえわかったら、全部片がつく。精神的にも安定するだろうし、彼に縋《すが》ろうとも思わなくなるはずだった。そうすれば、光玲へのこの妙な感情も落ち着くに違いない。

「よし。今まで以上にもっと頑張って探すぞ」

拳を握り、誰にともなくひとり誓った。とはいえ、次はどんなアプローチでいくか迷う。

考えあぐねたあげく、結局は美貌の陰陽頭しか脳裏に浮かばなかった。

自分でどうにかすると偉そうに宣言した身できまりが悪いが、仕方ない。ここは潔く謝って、再び清嗣に意見を仰ごう。

暗闇と孤独に怯《おび》えてほとんど眠れぬ夜を過ごした翌日、秀輔は早速、光玲に清嗣との面会を求めた。

光玲へ傾く想いには気づかぬふりだ。そして、秀輔に甘い彼はすぐに手筈《てはず》を整えてくれて、その日のうちに帝と清嗣に文を送り、次の日の対面が叶った。

光玲に連れられて、陰陽寮を訪れる。ひさしぶりに会った清嗣は、相も変わらず年齢不詳の美人で淡々と秀輔を出迎えた。

「ようこそ、おいでくださいました。わたくしにどのようなご用件でしょうか？」

「あ～、うん。どうも」

絡みにくさは健在だ。なにを考えているかさっぱりな能面に頬を引き攣《つ》らせながらも、以前の非礼を詫《わ》びて本題に入った。

「ええと、帰り方を探す手だてを教えてほしくて」

「帰る方法ですか…」

「あれから、自分なりにやれることはやってみたんだけど、だめで。なにか手がかりでもいいから、もらえないかなと思って。あ。もちろん、調べるのとかは俺がするよ。陰陽頭って忙しいんだよね。言ってくれたら、自分でやるし」

成果はなくとも、一応努力した経緯は主張しておく。

今回は、ありませんと一蹴《いっしゅう》される前に熱心に食い下がった。それでも、ないものはないと断られるかと思いきや、清嗣が静かに言った。

「そうですか。では、わたくしの弟子を紹介しましょう」

「え？」

「中村逸哉《なかむらいつなり》と申す者です。この中村と、陰陽寮にある資料や書物を調べてみてはいかがかと思いますが」

「でも、いいの？　陰陽寮の文献を部外者の俺が見ちゃっても」

「ええ。帝の許可は賜っておりますので」

「うわ、すっごい。ありがとう！　帝も清嗣さんも、ほんとはけっこういい人なんだな」

意外さのあまり、本音はその逆だったけどと開けっぴろげに大公開の失言に気づかぬまま、うれしくて友好的な笑顔を湛えていた。

暴言を吐かれた清嗣も、表情ひとつ変えずにいる。この無表情の裏で、『無駄なことを…』と内心呆れていたりするが欠片も見せない。ついでに、帝から『次に秀輔がなにか言ってきたら、おもしろいから気がすむまでやらせてごらん』と言い含められていたりもする。

完全に帝の余興扱いで、秀輔が知れば、激怒は確実だろう。しかし、冷静な仮面の下、実は帝にべた惚《ぼ》れの清嗣は帝の頼みごとにはめっぽう甘かった。

「……秀輔」

頼むから言葉を選べと呟いて、光玲が秀輔の隣で頭を抱えた。なにか問題でもと訊き返すより早く、部屋の入口から『失礼いたします』という声が聞こえ、顔を巡らせると、そこには両手をついて軽く頭を下げている青年がいた。

「光玲殿、秀輔殿。そちらに参ったのが、逸哉です」

「初めまして。中村逸哉と申します。よろしくお願いいたします」

挨拶のあと、顔を上げた逸哉は若くてとてもまじめそうに見えた。年齢は二十三歳で、秀輔と同じくらいの年代と聞いて、なんとなく安堵した。これで、清嗣同様に不惑過ぎだと言われたら、二匹目の珍獣発見と尻が落ち着かなかったろう。

人好きする笑みを向け、秀輔がいそいそと逸哉のそばへ行く。

希代の陰陽師と名高い清嗣が弟子にとるくらいだ。その能力や資質はおおいに期待できる。それに、ふたりでやるほうが効率も上がるし、意見や考察も多様化していい。

公でない自分の存在を知らせている意味でも、逸哉は信用できる人間なのだろう。

「俺、三浦秀輔。こちらこそ、よろしく」

膝をつきあわせる位置で秀輔もぺこりとお辞儀《じぎ》して言うと、逸哉が微かに頬をほころばせた。能面師匠とはすでに違うと、一気に親近感がわく。さらに話してみても、適度に気さくで感じがよかった。

またも、無意識に誑《たら》しフェロモンを垂れ流す秀輔だ。背後で光玲が唸《うな》りそうな顔つきになっているのも知らず、逸哉と可及的速やかに意気投合した。

「じゃあ、今から資料を読ませてもらってもいい？」

「ええ。人目があるので三浦殿を書庫にお連れはできませんが、この対《たい》を使っていいと清嗣さま

に許可をいただいておりますので、わたしが書物を運んできます」

「うん。ごめんね、ありがとう」

「いいえ。持って参りますので、しばしお待ちください」

一礼して立ちあがり、逸哉が背を向けた。

清嗣の弟子という立場をフル活用し、秀輔を手伝うと言われてほくほくだ。一陰陽師として、先達がつくったタイムスリップのからくりを解明したい探究心があってかまわない。互いに利害は一致する。

「あ。そうなると、光玲は暇だね」

逸哉をいったん見送り、振り返って言う。微妙に漂う不穏な雰囲気は無視し、秀輔はいつもの調子でつづけた。

「俺が調べものしてる間、帝か東宮のとこに遊びに行ってたら？」

今日は仕事が休みの光玲を気遣う。こちらの都合でほいほい遊べる相手ではないふたりを捕まえての大胆な提案だ。

話にならないとでも言いたげに、光玲が溜め息まじりにかぶりを振った。

「私の一存では、畏れ多くてとても決められない事項だな」

「仲いい友達なのに変なの」

「変なのはそなただと、何回言えばわかるのか」

「む」

変人の烙印《らくいん》を捺《お》されて憮然となる。価値観や文化、しきたりの違いからくる相違だとぶつぶつ訴えた秀輔へ、彼が躙《にじ》り寄ってきて苦笑した。

「はいはい。まあ、交わした約束を守る意味でも、私も調べものを手伝おう」

「光玲…」

「ほら。中村殿が戻ってきたぞ」

「あ、うん。けど、あの」

「なんだ?」

「や。その……ありがとう」

正面きってはさすがに照れて、俯《うつむ》き加減に礼を述べる。

いつだって秀輔を第一に考えてくれる光玲の優しさが、胸を打った。と、代償だから当たり前、彼も義務でやっているだけだと慌てて自分に言い聞かせる。

決して本当の恋人と思っての行動ではなく、あくまで仮初だ。どんなに甘やかされても、そこを錯覚してはならぬのだ。というか、錯覚ってなんだとまたもや妙な思考に陥りかけた己を羽交い絞めでとめ、往復の平手打ちで正気づかせる。

だめだ。近頃、発作的におかしな妄想が脳裏をよぎってしまう。

現代へ戻ったあかつきには、やはり心療内科へ行くべきかと沈痛な面持ちになった秀輔の顎が、ふと持ちあげられた。

眼前の光玲と視線が合い、逸らす間もなく破顔される。

「このくらい、かまわん。気にするな。それに」

「ん？」

「大切なそなたのためだ」

「そ……」

恥ずかしげもない発言に添えて、口角に一瞬唇が触れた。

ちょうど部屋に着いた逸哉と、清嗣にも漏れなく目撃されて、秀輔が耳まで真っ赤になる。周囲の目を憚《はばか》る神経がなさすぎる光玲を、ぜひ血祭りにあげてやりたい。子供騙《だま》しのキスで動揺した自分も腹立たしかった。

舌によりをかけた復讐の文言を放つ前に、彼がさらりとつけ加える。

「いわば、牽制《けんせい》というところか」

「はあ？」

まったく謎でしかない台詞を吐いた光玲から、とりあえず距離をとって逸哉のもとへ避難した。

散々文句をつけながらも、一緒に書物を読み解いていく。

清嗣が席を外したのも気づかぬまま、秀輔は帰る時間までひたすら文字を追った。

これ以降、光玲の出仕に伴う形で、ほぼ毎日秀輔も大内裏へ通った。そうして、陰陽寮にある文献を片っ端から調べ始めた。

ここでも、和歌や護身術を習うとき同様、なにかに夢中になるとのめりこむ癖を遺憾なく発揮する。それこそ寝食を忘れる勢いで、来る日も来る日も膨大な量の書物を一心不乱に読み漁《あさ》った。

あまりに熱中しすぎて、光玲に注意されることもしばしばだった。

この日も、勤務帰りに迎えにきてくれた光玲を見て立ちあがった途端、ふらつく。

「あれれ」

「おい」

すかさず伸ばされた力強い腕に抱きとめられた。広い胸元へもたれて、秀輔が唸る。

「う～」

「具合が悪いのか？」

「ん、ちが……腹減って……すっごい眠…い」

「秀輔!?」

「ごめ……もう、目、開けてらんな…」

空腹よりも眠気が勝り、一瞬で意識が遠のいていく。

光玲の腕の中だと思うと、余計に安心して無防備になった。

遠慮なく倒れこんだ身体が抱きあげられる。馴染んだ伽羅の香りに、秀輔は無意識に頬をすり寄せて身を任せた。

「まったく。無理しすぎだ」

ぱったりと眠りに落ちた寝顔を眺めて、光玲が苦笑する。

こうなるだろうとは、ある程度予測できていた。陰陽寮通いを始めて、すでに七日が経つ。その間ろくに睡眠もとらず、食事も疎《おろそ》かにして自宅へ持ち帰った書を読み耽るといった生活をつづけていれば、誰でもふらふらになる。

力尽き、すやすや寝る秀輔は、まるで子供だ。好奇心の塊で、己の力量や加減もわきまえずに突っ走る向こう見ずなところが危なっかしく、目が離せない。

出会った当初から、自分とはずいぶん違う価値観やものおじしない彼の性格に驚かされてきた。とはいえ、眉をひそめるとかではなく、新鮮さを覚えてだ。一方で、故郷や家族を恋しがって寂しそうにしている姿はいじらしかった。

守ってやらねばと庇護欲をかきたてられ、秀輔の笑顔を引きだすために、珍しい菓子やら小物を取り寄せたりもした。

忙しい合間をぬい、帰路探索も手伝っている。澄慶のもとへもつき添い、季忠との稽古《けいこ》だって見届ける。

無論、澄慶と季忠が秀輔とどうこうなる可能性は皆無に近い。

秀輔と澄慶など、いわば花同士の戯れで、だいたい僧侶相手に嫉妬するほうがおかしい。光玲が宿直でいない日の宿泊も、ただ隣に並んで眠るだけだと承知だ。過ちなど起きないと頭では重々わかっているが、いざ目の前で仲良くされるとおもしろくない。

季忠の武術指南はもっと最悪だ。ふたりがべたべたいちゃいちゃしているようにしか見えないのだから。しかも、光玲が宮中へ出仕の間も、秀輔は季忠と親しげな様子だと悠木に聞いて、心中穏やかでいられなかった。

武人でありながら和歌や書にも精通する季忠に、秀輔が単純に知的好奇心を刺激されたとは思いもよらない。

己の魅力に無自覚な天然ぶりを、そばで見守りつつ苛つく日々だ。

誰かにこれほど執着し、妬《や》くこと自体初めてなのも光玲の神経をささくれ立たせた。なのでつい、閨事では毎回彼をいじめてしまう。

しかし、夜寝るとき、どれほど淫らに交わったあとで羞恥に拗《す》ねていても、暗闇を怖がる秀輔は光玲に縋ってくる。

それもまた可愛《かわい》くて、愛《いと》おしくてたまらなくなる瞬間だった。

最初は、訳ありの身を帝の命で仕方なしにあずかった。それがいつの間にか情に絆され、保護と協力を求められた際も、興味本位で件の交換条件を出した。まさか、自分が本気で彼に惹かれるなど予想外で困惑が深い。

たしかに、秀輔とは身体の相性もよく、見た目も好みで抜群に麗しい。けれど、最も光玲の関心を引くのは、彼の伸びやかな魂だった。

素直で感情豊かで、くるくる変わる表情は見ていて飽きない。一見、近寄り難い美貌との懸隔も微笑ましい。

帝や皇族だろうが対等に話す性分も、たまに心臓に悪いが楽しかった。当然、貴族の光玲とて例外ではない。秀輔にかかれば、初対面から呼び捨ての上、おまえ呼ばわりだ。それこそ、帝と東宮、父親以外で自分を粗略に扱える人物は稀《まれ》である。

仮に、誰かが戯れにでも実行した場合、微笑みの裏で軽く殺気立つだろう。こちらの気分を害させてしまったと気づいた相手が、菓子折を持って慌てて謝りにきても遅い。

ところが、彼に呼ばれる分には不思議と不快ではなかった。むしろ、近しい気がして満更でもない気分になる。

秀輔が育った世界は想像し難いものの、彼が大切にまっすぐ育てられたのはわかった。

甘ったれでわがままな反面、分け隔てなく相手を気遣う面からもそれは窺える。木で鼻を括《くく》ったような態度の清嗣にでさえ、怒りながらもきちんと対応するのだ。

こんなにも心惹かれる人間と、光玲は初めて会った。

奇想天外でいつも気を揉まされるが、常に見ていたいし触れていたい。誰の目にも触れさせず、独占したいと考えるにいたり、不意に現状との矛盾に気づく。

帰路探索をつづけてその方法が見つかれば、秀輔は自身の故郷へ戻ってしまう。清嗣はそんなものはないと断言していたが、そもそもあんな非現実的な現れ方をしたのだから、帰るときもいきなり消えたところでなんの不思議もないと光玲は考えていた。さりとて、同じ不可解現象で再び彼が自分の前に現れる保証はなかった。

そうすると、もう二度と秀輔をこの手に抱けなくなる。やわらかな髪を撫でることも、色の薄い美しい瞳と見つめあうことも、声を聞くこともできない。

あの日、光玲の眼前に突如現れたように、忽然《こつぜん》と消えて二度と会えないのだ。

それは嫌だと、理屈ぬきに思った。秀輔を手放したくない。かといって、彼がもとの世に帰りたがる気持ちも理解できるし、なにより、これはひとりよがりな考えだ。

心中に葛藤《かっとう》を生じて立ち尽くす光玲に、ふと声がかけられた。

「光玲さま、牛車の用意が整いました」

「……季忠か。今、行く」

もの思いから我に返り、呼びにきた季忠へ返事をする。

秀輔を手伝ってくれている逸哉へも、思いだしたように目を向けた。

「中村殿も、秀輔に毎日つきあわされて大変だな」

「いいえ。わたしも勉強になりますので。ただ、仲野さまもご察しかと存じますが、三浦殿は少々根を詰めすぎと申しますか…」

心配げに眉をひそめる逸哉に、光玲も苦笑してうなずく。

横抱きにした秀輔の顔を覗《のぞ》きこみ、溜め息をついた。

「わかっている。再三注意しても聞かぬやつだが、今度ばかりは少しきつく言おう」

「わたしのほうでも、今後はせめて書物をお持ち帰りさせぬよう配慮いたします」

「ぜひ頼む」

そうしてくれると、いろんな意味で助かるとの台詞は呑みこむ。

この七日というもの、光玲は半ば放置されていて不満タラタラだ。持って帰った文献を読み終えるまでは寝ないと言い張る秀輔に、閨事もないまま放っておかれている。

ちょっかいを出してもすげなくあしらわれ、強引に迫っても書物を手にしたまま上の空という状態だったのだ。

なまじ、集中力がすごいのもいただけなかった。さすがの光玲も、そんな状況の秀輔を相手にできず、悶々《もんもん》と夜を過ごすはめになっていた。

今夜も微妙かと内心で唸る。腕の中の彼は、明日の朝まで眠りそうな勢いだ。

陰陽寮から出て、牛車に乗りこんだ。もともと軽い身体が、最近の不摂生でいちだんと軽くなった。そこらの姫君並みの重さだと小さく舌打ちする。

邸に着くと、悠木に寝床を準備させた。とりあえず、直衣のまま秀輔を横たえて自分はその脇に座り、烏帽子は窮屈だと嫌がって被らない彼の髪を梳《す》いていたら、白い瞼《まぶた》が震えた。

「ん……光、玲…？」

寝言と思ったが、意外にも目を覚ましている。とはいえ、ぼんやりした表情から寝惚《ねぼ》けているとわかった。またすぐに寝るに違いないとの予想に反し、息を呑むほどきれいな、でもいささか困ったような微笑を湛えた秀輔がかすれ声で囁いた。

「やっぱりだ」

「なに？」

「おまえのそばだと、安心して眠れる」

「……っ」

「なんでかな」

なんですとと訊き返す寸前、可愛らしく首をかしげられて光玲の理性の箍《たが》が外れた。貴方《あなた》だけが特別ととれる台詞に、血沸き肉躍る勢いで浮かれる。

身を乗りだして彼に覆い被さり、問答無用で唇を塞いだ。

「んっ」

流麗な眉宇《びう》が苦しげに寄せられた。両手で光玲の胸を押し返そうとする微弱な抵抗にすら煽られて、さらに吐息をむさぼる。

口内をあますところなく舐め尽くし、逃げる秀輔の舌を捕獲して自らの舌と絡めて唾液《だえき》もたっぷり交換した。

「ぁ…っふ、ちょ……んぅ」

息苦しさで覚醒《かくせい》が促されたのか抗いが強まり、双眸にも咎めるような色が見てとれた。

彼の意識がまともに働きだしたようだ。

「や……光玲っ!?」

頬を両手でがっしり持たれ、顔を離される。

腕力的に光玲が譲った結果だが、その素振りは見せずに間近で微笑んだら、秀輔が目元を朱に染めた。次いで、そんな自分が許せないとばかりに仏頂面をつくる様もおもしろい。

この手の行為を含め、光玲自身も少なくとも本気で嫌がられているわけではないと確信を得て、さらに気分がよくなった。

「寝込みを襲うなんて最低」

きつく睨んで詰られてもどこ吹く風で、上機嫌に答える。

「誘ったのはそなただ」

「は?」

「きっちり責任はとってもらおう」

「誰が誘っ……うわあ!」

手早く大胆に、光玲が秀輔の直衣を脱がせにかかる。懸命の手向かいも楽しみながら、ゆったりした衣を剝いでいった。

「光玲、やめろってばっ」

「誰かがしばらく触れさせてくれなかったせいだろう」

「な……」

「この私を飢えさせたのだ。充分に満たしてもらわねば」

「た、たった何日かの禁欲生活じゃん」

「あいにく、私は毎日人肌が恋しい性質でな」

「……性欲底なしかよ」

絶倫公達《きんだち》は恐ろしいだの、種馬貴公子は嫌すぎるだのと呟く彼と額同士を合わせる。

淫靡な雰囲気のときに盾突かれるのも慣れた。光玲にとっては、すっかり前戯と化している。

嫌だと反抗しつつ快楽へ堕《お》ちていく姿は妖艶《ようえん》だから、なんら問題はなかった。男は自分の手しか知らないという事実も、独占欲と優越感に拍車をかける。

至近距離で視線を絡めた瞬間、光玲の中で秀輔と離れる危惧《きぐ》が再燃した。こうして間近に感じるとなおさら、愛おしさが募って離し難い。そしてようやく、彼への気持ちがまぎれもなく本物なのだと確信した。

仮初などではない、今生でただひとりの恋人だ。

もし、秀輔がもともとこちらの世の人間であったなら、有無を言わさず力ずくでもそばに繫ぎとめる。文字どおり、掌中の珠よろしく邸に閉じこめて誰にも見せずに愛でるが、現実には無理だ。

秀輔には秀輔の意思があり、自らの郷里に帰るという悲願がある。どれだけ帰還を切望しているか知るだけに、独善的な激情をぶつけるわけにはいかなかった。

己の想いをねじ伏せても相手の願いを叶えたいと思うのも、光玲には初めての経験だった。

それくらい、秀輔は特別なのだとあらためて思い知る。

たぶんもう二度と、こんなに狂おしいほど愛せる人は現れないだろう。けれど、愛するからこそ、手放さなくてはならない皮肉な運命もあるのだと頰を歪《ゆが》める。

唐突に細い身体を強く抱きしめると、すでに半裸状態の彼が往生際悪く手足をばたつかせた。

「嫌だ、光玲。離せっ」

「……離さない」

「苦しいんだって」

物理的な解放を求めているとわかっていても、なおも力を込めてしまう。さらに、光玲は白い首筋に顔を埋めてやわらかな素肌へ歯を立てた。

「いっ…」

痛いと呻く秀輔に拳で背中を叩かれたが、かまわず開かせた脚の間に陣取り、彼が弱い耳朶を甘嚙みした。

覿面《てきめん》に抵抗が途絶え、腕の中の肢体が声とともに震える。

「やう……光、玲」

「秀輔」

秀輔の瞳が甘く潤み始め、光玲もつい惑った。

「万が一、私がそなたにこのままずっとこちらに…」

「んっ……な、に?」

「……いや」

今なにを言おうとしたと、内心で迂闊な自分の胸倉を摑んで揺さぶる。

理性の箍は外れても、なけなしの誠意を忘れては元も子もない。危うく口走りかけた私欲を厳重に縛りあげて心の奥底へ抛《ほう》りこみ、光玲が小さく息をついた。

「またこんな無茶をしたら、外出禁止だぞ」

「な……横暴、だし」

「無理をするなと言っているだけだ。心身ともに酷使して、疲労で倒れるほど頑張った分だけすぐに結果が出ることでもあるまい。中村殿にも迷惑だろう」

「う」

「そなたの逸《はや》る気持ちはわかるが、あまり思いつめるな。これまで同様、澄慶さまのもとへ行って歌や書を教えていただいたりといった心の休息も必要ではないか? 無論、身体も休めてもらわねば、私も心配だ」

「光玲…」

もし望むなら、この時代の文化が好きという秀輔のために、自分が得意な舞と香の手ほどきも今後はしてもいい。それで心が安らぎ、慰めにもなって、帰路探索の気力を養えるのであれば、本望だ。

本心を押し隠した忠告を織りまぜての提案に、彼が視線を伏せて唇を噛んだ。そして、ごく小さな声でぽつりと謝る。

耳が赤いのはばつが悪いのか、羞恥なのか判断に迷いつつ、光玲が告げた。

「まあ、今は放置されていた七日分つきあってもらうが」

「そ……っあ」

とりあえずの処置がエッチってどうよと喚かれたが、聞き流す。

疲労困憊《こんぱい》の秀輔を休ませるべきと理性ではわかっていても、この機を逃してなるものかと野性の本能が暴走した。

忙《せわ》しくはだけさせた胸元に唇を這わせて淡い桃色の尖《とが》りを口へ含み、舌で転がす。初めは眠っていたそこが、光玲の愛撫に応えて徐々に起きあがり、歯で引っかかるようになるまで弄《いじ》ったあとも執拗に攻めた。

片方だけでは不平等なので、もう片方も手を交えてぬかりなく嬲《なぶ》る。

「ぅ、んん……光玲……やっ」

丹精込めて仕込んできた甲斐あって、彼の胸は今や素敵に官能的な性感帯だ。その証《あかし》に、まだ触れてもいない性器が遠慮がちながら自己主張している。

脚をもぞもぞさせて必死に隠そうとあがく姿に双眸を細め、光玲が顔を上げた。

「また銜えてやろうか」

「銜っ……」

「そなたの出す甘露の蜜で、久々に私ののどを潤し…」

「潤すか、変態！」

けんもほろろな拒絶のあと、秀輔が強引にうつ伏せになった。おそらく、口淫防御を兼ね、股間の変化も隠匿する目的だろう。

どれだけ肌を重ねても、彼のこういう慎ましさは相変わらずだ。いい加減、慣れてもよさそうなのに、裸身を見るのも見られるのも、ひどく恥ずかしがって嫌がる。行為そのものへの姿勢も初心《うぶ》なままで、光玲としては毎回新鮮さを味わっていた。

どんな反応も楽しむ光玲が、秀輔から残りの衣を剝いでいく。

「わ。やめ…っ」

「まったく。いちだんと細くなって」

「あ……っく」

ここ最近の無茶を咎めるように、現れた華奢《きゃしゃ》な裸体のうなじに齧りつき、背骨に沿って舌を這わせた。同時に細腰を手で摑み、膝を立てさせて脚を開かせた格好をとらせて、自分は彼の臀部が眼前に来る位置へ座る。

「ちょ……な、にす…!?」

羞恥を色濃く湛えた表情で、秀輔が顔だけで振り向いた。

脱がせた衣を褥《しとね》に、上体は伏せて腰だけ高く掲げた格好は極めて艶《つや》っぽい。光玲にしては長い禁欲生活と秘めた情熱が相俟《あいま》って、さらに彼を欲する想いが高まった。

「真実、そなたに私を刻みこもうと思ってな」

「は？　って、みみみ光玲――っ！」

大絶叫もなんのその、双丘を割り開いて後孔に口をつける。いつもの猛烈な抵抗は尖らせた舌を体内に挿れた瞬間弱まるので、その隙に唾液をたっぷり注ぎこんで指も参戦させた。

「い、やだ……ぁ…んっん」

すでに承知の秀輔の弱点を指でつつき回す。陰嚢《いんのう》とそこに繋がる短い道筋も舐めあげたり、吸いついたりすると、ほっそりした太腿が今にも頽《くずお》れそうに痙攣《けいれん》し始めた。

嬌声も艶を増して、彼がかなり感じているのがわかってほくそ笑む。

「あ…っあ、ん……それ…ああっ」

嫌だと涙声で懇願されても聞かず、しつこく両方を責めたてた。

硬かった内襞《うちひだ》がやわらぐ頃には、秀輔は髪を振り乱して半泣き状態だった。しかも、性器の先端からは先走りが溢れている。

無意識に下肢を波打たせる仕種にも煽られたが、光玲は自制心を振り絞って彼に囁いた。

「秀輔。ほら、出せ」

「っは、あ……うぅ……で、も…」

「うん?」

「まだ…ぁ」

「刺激が足りないのなら、自分で加えるといい」

「そ……」

意地悪を言うなという詰る眼差しに微笑む。最後のひと押しが足りない状況で、それでもわざと焦らしつづけた結果、ほどなく彼がおずおずと自らの右手を股間に伸ばした。

肩をついて腕を前身に巻きこんだ不自由な体勢なのが、余計に劣情をそそる。

「んっ…く、う」

震える手が張りつめた自身の性器を握り、ぎこちなく蠢き始めた。

光玲に見られているためか、思ったよりも射精まで時間がかかっているものの、念願の秀輔の自慰をつぶさに見学できて大満足だ。

「あ、あっ…ふ……んんっ」

しばしの後《のち》、全身をこわばらせて甘い声を漏らしながらの吐精を堪能《たんのう》する。一方で、倒れかけた身体を片手で支え、光玲は自らの衣を寛げた。そして、いい具合に力みがとれたところを狙《ねら》いすまし、彼の後孔へ屹立を押しあてる。

「え？　ちょ、待…っ」

「もう限界だ」

「な……光、玲……ぅああ！」

咄嗟に逃げを打った秀輔をきつく抱きすくめ、背後から覆い被さって中へと押し挿った。

愛しい相手の苦悶《くもん》にかすれた声すら、今の光玲をとめる材料にはなりえない。かえって、いつ失うとも知れぬ切迫感と焦燥感に、常以上の激情が募った。

「や…っん……あ、あ、あっ」

緩急をつけた巧みなストロークで腰の奥を突きまくる光玲が、秀輔は心底恨めしかった。

四つん這いで恥部をさんざん舐めて弄られたあげく、自慰を強要されたのも羞恥メーターが振りきれそうになったが、貫かれたまま深部を延々といじめぬかれるのもきつい。

ひときわ感じる部分をねちっこく捏《こ》ね回したり、小刻みにつついたりと、とにかく意地が悪い。

まして後背位なだけに、深い場所まで占拠されている。腸壁が破れそうで怖い秀輔をよそに、がんがん攻めてくる彼の図々《ずうずう》しさも憎らしかった。

自分のみ全裸なのも、恥ずかしさを助長する。とはいえ、快楽自体を支配された身では迂闊に文句も言えない。なにせ、言った分すべてが己に跳ね返ってくるシステムだ。百パーセント返り討ちに遭ってきた悲しい過去がある。

「あぅ…く、っあ……も、光玲…っ」

「なんだ」

「ん」

首筋を這っていた悪戯な唇が、秀輔の耳朶をやんわり齧った。

ぞくりと淫らな感覚が全身に走り、下肢がいっそう甘く痺《しび》れる。体内への刺激で勃《た》ちあがっている性器もはしたなく震えた。

「ぁ、んんっ……耳、やめ…」

「本当にここが弱いな。っと、こら。そんなにきつく締めつけて奥へ誘わずとも、好きなだけ突いてやるから」

「んあっ」

腰を大きく旋回して中を攪拌《かくはん》しつつ囁かれて呻く。誰が好きこのんで誘ったんだと、拡声器片手に街宣車ばりに猛反論したい。さも、秀輔がセクシー風味にねだりまくって仕方なくやってますといった体をとられては甚《はなは》だ心外だった。

流言蜚語《ひご》による名誉棄損で裁判も辞さないと奮いたった秀輔だが、みっしりと隙間なく埋めこまれた熱塊の圧倒的な存在感と実用性でもって翻弄中ゆえに、涙を呑んであきらめる。

「い、や……も…やだぁ」

ついでに、頼むから勘弁しろと白旗も上げた。なんだか、いつもより濃厚な気配をそこはかとなく漂わせている光玲が恐ろしいけれど、求められること自体はやはり嫌ではない。ただ、あれこれといやらしい行為をされるのが恥ずかしいのだ。

無論、相手が光玲だからこそであって、彼以外の男となんて論外である。考えただけで、あまりのおぞましさに目を開けたまま半日気絶できる。

仮に、矢沢に同じことをされた日には、確実に報復する。瀕死の重傷でなどすませてやらない。百回でもあの世送りにしてやる。

それくらい嫌悪を催す行為のはずが、光玲だと許せてしまう。

素直になれず、我を通す秀輔にも彼は変わらず優しい。この一週間も、幾度か無理を諭されはしたが、細やかな気遣いで見守ってくれていた。

性的なちょっかいもあしらい、読書に耽ってまともな会話すらしなかったのに、いつもどおりの穏和な態度でずっと接してくれた。なにより、この時代にいる時間が長くなるにつれ、完全に縦構造の権力社会を実感しつつあった。

知識はあったが想像以上で、その中で光玲がかなりのエリート貴族だという事実を、秀輔はようやく理解し始めていた。

彼を含め、限られた人との接触しかないものの、陰陽寮の一室で読書中、格子越しに何度か小耳に挟んだ会話でもそれは知れた。

たぶん中務省《なかつかさ》の役人か、この近くを通った貴族だと思う。彼らの口にのぼる光玲は帝の信頼も厚く前途洋々、仕事ぶりも優秀かつ人徳もあり、見目麗しいと非のうちどころのない貴公子だ。

加えて、彼の姉は次代の帝たる東宮の妻で、すでに皇子ももうけている。その寵愛《ちょうあい》ぶりと完璧な出自からも、彼女が中宮になるのは必定だという。つまり、将来の帝の外戚として、左大臣家は今以上に権力の中枢へ近づく。

盤石で安泰な将来が約束された、まさに権門中の権門一家だ。そこらへんの貴族とは一線も二線も画した飛ぶ鳥を落とす勢いの左大臣家の嫡男かつ青年貴族である光玲に、多くの人々が寄ってくるのはわかる気がした。

いつの時代も、なんらかのおこぼれに与《あずか》るべく権力者に媚《こ》び諂《へつら》う輩《やから》はいるのだ。独身の光玲の妻の座など、垂涎《すいぜん》の的の最たるものに違いない。

本人は超男前で性格も鷹揚、肩書も出世コースばりばりの高級官僚で、実家は超資産家な上に名門とくれば、玉《たま》の輿《こし》どころか黄金輿である。

現代風にいえば、憧《あこが》れのセレブ婚か。婚活中の三十代、四十代はおろか、二十代、十代の女子まで目の色を変えて、『イケメン御曹司争奪戦』を激しく繰り広げてもおかしくないお買い得男子だ。おそらく、現実にも、妙齢の娘を持つ親がこぞって左大臣家に縁談を持ちかけているに違いなかった。

多少のやっかみはあるにしろ、概《おおむ》ね光玲は多くの人に好かれているらしい。

陰陽寮の一室へ秀輔を迎えにくる途中での誰かとの立ち話も何度か聞こえたが、その際も、見知らぬ誰かは好意的ながらも、かなり丁重な口ぶりで話していた。もしかしなくても、身分が光玲よりも下だったのかもしれない。

対する光玲は普段とほぼ同じで、穏やかな対応に終始していた。上級貴族なのだから敬えといった傲慢《ごうまん》さは微塵《みじん》もなかった。多少、口調がナチュラルに偉そうに聞こえるけれど、これはもう生まれ育った環境によるものだろうし、鼻につかないレベルだ。

裏表のない誠実な人柄は、秀輔が知る光玲像と重なった。

初めて会ったときから、光玲はとても頼れて懐が深く、温雅な男だった。そんな彼にますますはまりそうで焦り、気を逸らす意味でも帰路探索に熱を入れて寝食を忘れ、ふらふらになったという悪循環だ。

無理はやめろと真顔で心配されて、胸が騒いだ。しかも、秀輔の慰めになるのなら、忙しい合間をぬって舞と香を教えると言われてはなおさらだ。

そこまで心を砕かれて、惹かれないほうがおかしい。いや、待て。また妙な方向へ思考が向かいかけたぞと慌てて踏みとどまったはいいものの、早く現代へ帰りたい気持ちとは裏腹に、帰路探しに初めて迷いが生じて戸惑《とまど》った。

なんだ。今、一瞬だけ耄碌《もうろく》したのかと、自分の脳を盛大に疑う。

「な、んで…?」

思わず呆然と呟いた秀輔に、熱っぽい声が囁いた。

「音をあげたわりに余裕だな」

「あ…っは、ちが……あああっ」

最中に意識を散らした罰とばかりに、最奥を突きあげられた。次いで、抉《えぐ》るようにされて悲鳴まじりに極めた瞬間、不意に後孔内が熱くなる。背後で、光玲が低く呻いた。

「うぁ……あ、んっんっ…ゃ…な、に…!?」

「秀輔」

体内になんとも言い難い感触を覚えて狼狽《ろうばい》しながらも、なにが起こったのかを悟る。

ゆっくりと腰を送りつづけている彼を、首をひねって睨みつけた。

「な、にす…っ」

「そなたの中に精を出しただけだが」

「ば……」

出すな、そんなものと反射的に叫んで逃げかけた身体が、長い腕に抱きとめられる。まだ吐精しつつ、体液を粘膜に塗りこむようにされてかぶりを振った。

「や…だっ……こんな、の…ぁ」

「私を真実、刻みこむと言ったはずだ」

「そ……光、玲っ」

「この先もずっと、そなたが私を忘れぬように」

「え？　…ど、いう……ひゃ」

意味深な台詞の真意を問い返すより早く、視界が転じた。

上体を起こして胡坐《あぐら》をかいた光玲に、膝裏を持って背後から抱きかかえられた格好だ。まるで、幼児が用を足すような体勢もいたたまれないが、彼を銜えたままなので自らの体重でいちだんと深く奥を犯されて唸った。

さきほど注ぎこまれた淫水が逆流してくる事実にもうろたえる。

「う、っく……んんん、ゃ…ああ！」

未知の感覚をやりすごす間もなく、下から緩やかにだが突きあげられて取り乱した。

光玲が出したもので満たされた中を掻《か》きまぜられるたび、淫猥な水音が響く。引力に従い、楔《くさび》を伝って後孔から体液が漏れだす感触にも身がすくんだ。

そういえば、つい今し方射精済みの彼の分身が、すっかり硬度を取り戻しているではないか。

恐るべき回復力と体力に慄然《りつぜん》とする秀輔へ、容赦なく悦楽の波が押し寄せる。

胸と性器に各々、指を絡められたのだ。首筋付近にも噛みつかれ、四箇所同時の甘い責め苦に理性が風前の灯火《ともしび》と化す。

「あっあ…ん、あ、あ……やぁ、ん」

「私の、大切な…」

「っん……み、つあ…？」

長く執拗な快楽地獄の最中、切実な声音の呟きに気づく。またも理解不能と訝《いぶか》った直後、弱点の耳裏をきつく吸われた。それが嫌で、光玲の肩口に後頭部を擦《こす》りつけると、待ちかまえていたように唇を塞がれる。

「ん、っう」

首をひねった苦しい体勢にもかかわらずの、濃厚に舌を絡めたキスだ。

至近距離にある彼の双眸を詰る意味で見つめたが、そこに狂おしい色を認めて驚いた。あたかも、本物の恋人に捧げる熱情ぶりというか眼差しみたいで困惑する。

なぜ、そんな目で自分を見るのかわからないけれど、無意識に秀輔も光玲の激しさに流された。

「んんっ…ん、んぅ」

「秀輔。もっと舌を出せ」

「な……ふぁ、んむっ」

さらに深く吐息を奪われて、息苦しさに喘《あえ》ぐ。鼻呼吸ではとても追いつかず、酸素を求めて口を開けば開くほど根こそぎ持っていく勢いでむさぼられた。

冗談ぬきに窒息死しそうになった秀輔が、身をよじって光玲の首に片腕を回し、彼の烏帽子を引っ張った。どうにか唇をほどき、肩を上下させながら非難する。

「息…させろ！」

殺す気かと噛みついたら、光玲が婀娜《あだ》めいた笑みを浮かべた。懲りもせずに秀輔の唇を舐め、低音で囁く。

「舞と香の前に、そなたには『きす』を仕込まねばならんな」

「ばっ…んんぅ」

暗にキスが下手と揶揄されて言い返す直前、再び呼吸を阻まれた。しかし、今度はソフトタッチすぎて、逆にみだりがましくも恥ずかしい。

上唇と下唇をやんわり噛んだり、舌を優しく吸ったりと強烈に甘々な恋人同士がやりそうなことばかりされる。羞恥のあまり、彼の衣の襟首を摑んで制止の意を込めて揺すったがやまず、ならばと結いあげた髪を手で乱した。

傍《はた》から見ると、窮屈な姿勢の秀輔が悩ましく光玲に縋ってキスをせがんでいる図だ。無論、この間もしっかり後孔は熱塊の餌食《えじき》となっている。

大胆にも大股《おおまた》開きの体勢で、敏感な粘膜も余すところなくいじめられていた。

胸元と股間にあった手は、今は秀輔の双丘をこれでもかと割り開いて抽挿のアシスト中のくせに、仕事はきっちりすませているから泣けてくる。

弄られた両方が勃ちあがっていて、慙愧《ざんぎ》の念に堪えない。性器にいたっては張りつめて、突きあげにあわせて揺れるのがたまらなかった。

「ん…っん……光、玲……光玲っ」

キスの合間に光玲の名を繰り返し呼び、許しを請う。

睡眠も食事も足りていない状況で、これだけ濃いセックスはきつかった。さすがに、気力体力ともに尽きかけの秀輔が涙目で懇願する。

「や、あ、ああっ……も、だめ…」

「秀輔」

「っあ……俺、が……壊れ、る…だろっ」

「大事ゆえにこうなるのだがな」

「う？　…んぁあ」

奥の奥へ楔を捩じこまれて、甲高い声が漏れてしまった。しかも、そこへ熱い飛沫《ひまつ》まで叩きつけられ、頬が歪む。

だめだと注文をつけた舌の根も乾かぬうちに、平然と中出しした彼の面の皮の厚さは、恐ろしく分厚いはずだ。仮面舞踏会でつける目元部分を覆うだけの洒落《しゃれ》たマスクではなく、石膏《せっこう》製のデスマスク並みかもしれない。

そのマスクをぜひ、振りかぶって地面に投げつけて粉砕してやりたい秀輔は現在、二度目とあって入りきれない精液が溢れていく感触と戦っていた。

「ん、ん……ぁ」

「また、そんな陶然とした顔をして」

「はぅ？」

「そうやって、そなたは私を惑わせる」

「なに、言ってんの……って、わ！」

唐突に、繋がりをほどかれて脱がされた衣上に仰向《あおむ》けに身体を下ろされた。それはけっこうなのだが、両脚を開いて局部を見られてぎょっとする。

仮借ない事態に断固抗議しようとした寸前、後孔へ指が挿《はい》ってきて息を呑んだ。しかも、ただでさえ漏洩ぎみの体液量を隙間をつくって増やす暴挙に出られて焦る。

慌てて身じろいで抗いながら、光玲を睨みつけた。

「嫌、だ……も、やめろ…ってば」

「残念だが、自分でもとめられなくてな」

「そ……」

「まだ、全然そなたが足りない」

「俺、は……足りまくり…だし」

「もう少し、私につきあえ」

「だか、ら…無……んぁう！」

これ以上は無理との却下も虚《むな》しく、指のかわりに凶器を突きいれられた。

すでに息も絶え絶えだった秀輔が正気を保てたのはこのときまでで、あとは夢うつつ状態で光玲に抱きつぶされた。


「いい天気だな」

きれいに晴れあがった空を眺めて、秀輔はぽつんと呟いた。

季節は疾《と》く進み、こちらの世に抛りだされてからもう二か月あまりが過ぎた。二月だった暦は四月へ移り変わり、寒さもひと頃よりずいぶん落ち着いた。

御所や三条邸の桜も開花が進んで七分咲きだ。梅もきれいだったが、個人的には散り際が潔い桜のほうが好みだった。

帰路探索の成果は芳しくないが、あきらめずに糸口を摑む努力はつづけている。ただ、身体を壊すような無茶はあれ以来していない。光玲のアドバイスに従って息抜きもそれなりにしつつ、頑張っていた。

澄慶と季忠からの習い事に加え、約束どおり舞と香の手ほどきも始まった。

和歌や書、武道につづき、舞と香もかなり奥深い。勝手がまったくわからなくて失敗の連続ながらも、やはり中世の文化好きの秀輔にとっては楽しかった。

特に、香にははまりつつあった。

現代にも香道というものがあるけれど、あれはたしか、室町時代末期以降に平安時代の雅《みやび》な宮廷貴族文化に思いを馳《は》せてできた芸道だから、いささか違う。

光玲の薫物《たきもの》合わせや香の調合の腕は、皇族出身の母親譲りらしい。

極めて繊細で優美な香りから、幽玄で華やかな香りなど自在に操って、季節にもあわせて自らの衣にたきしめている洒落者だ。

光玲によれば、秀輔には梅花の香が似合うとのことで、目下その香を自分で調合できるように練習中だった。舞のほうは、ひたすら型を覚える感じだが、初めて間近で舞う彼を見たときは、その気高さと優雅さに溜め息が漏れた。

しかし、師匠としての光玲は案の定、めいっぱい私情を挟む。

どちらを教える際も、必要以上に秀輔と密着し、悪戯をしかけてくるのだ。途中でなし崩し的にセックスに持ちこまれた回数は、片手の指では足りない。しかも、あの日を境に彼はどれだけ嫌がっても秀輔の中へ必ず自身の証を注ぐようになった。

甘やかし度合も増すと同時に、時折ひどく苦しげな眼差しで見つめたかと思うと、無言で強く抱きしめてくる。

どうかしたのかと訊ねても、明確な答えを返さない。

そなたが可愛くてついだの、美しい瞳に吸い寄せられただのと、いつものふざけた調子で詮索《せんさく》を躱される。

なんだか気になる上、実は秀輔の中でも、いったん生じた帰路探索に対する迷いは消えていなくて、不安定な精神状態が復活していた。

すごく帰りたいのに、光玲への気持ちの整理がつかずに苛立つのだ。

男同士は激嫌なはずが、彼だとそばにいたいし、いてほしい。そう思う自分に、第三者に不気味と遠巻きにされる覚悟で、なにをとち狂ったんだとひとりごとをぶつぶつ言いながら、壁に頭を地味にぶつけたくなる。

往生際が悪いと言われようがかまわなかった。二十年間ずっとノーマルな性癖と信じてきたアイデンティティーの危機なのに、そう簡単には認められない。

可能性としては、環境が劇的に変わった影響とも考えられる。心理学でいう、吊《つ》り橋効果みたいなものだ。

危機的な状況におかれた際、人は助けてくれた相手に五割増しくらいの好意を抱く。まさに、そんな心理状態が自分にも働いているのではあるまいか。だから、一時の感情に流されてはだめだ。気の迷いでうっかり絆されて、あとでやっぱり違ったとなったら痛恨の極みだろう。

レベル的には、美女に声をかけたら、性転換した元男でしたと判明した感じである。無言でその場に膝から崩れ落ちる衝撃といえよう。

「血迷うな、俺」

自殺行為は慎めと己を叱咤し、両手で軽く頬を叩いた。

大きく息を吐いて、広々とした室内を何気なく見回す。今日は、光玲は仕事で御所に出かけていていなかった。

秀輔も、昨日まで三日連続で陰陽寮に行って調べものをしていたが、本日は息抜きの日だ。昼には帰ってくる光玲に香の手ほどきを受ける。

書物の持ち帰りもアウトになった分、手持ち無沙汰だった。なにもせずにいると、光玲のことばかり考えてしまう自分が嫌で、身体でも動かそうと立ちあがる。

季忠に新しい護身術を習おうと思った矢先、悠木が困惑顔で姿を見せた。

「あの、秀輔殿にお客様がおみえで…」

「俺に?」

「はい。あなたの存在は極秘ですし、光玲さまもご自分の留守中は誰もこちらへは通すなと仰せですから、そういう人は知らないと申しあげたのですが、中村といってもらえればわかるの一点張りで粘られまして」

「逸哉さんが来てるの!?」

「ご存知の方ですか？」

意外そうに首をかしげた悠木に、秀輔は笑顔でうなずいた。

「うん。中務省の役人で、清嗣さんの弟子だよ。もちろん光玲も知ってる人だし、俺のことも承知だから大丈夫」

「左様でございましたか。では、ご案内して参ります」

逸哉の素性がわかって安堵したのか、悠木が表情を和ませる。ほどなく、悠木に先導されて逸哉がやってきた。

秀輔の顔を見ると、穏やかに微笑みつつもいきなりの訪問を詫びる。

「突然のおとないで申し訳ない。しかも、三浦殿が休んでいる日に」

「俺は全然いいけど、どうしたの？」

いわゆる公務員の逸哉は、秀輔を手伝わない日も仕事があるはずだ。それが、わざわざ会いにくるなんてと驚く。

腰を落ち着ける間もなく、逸哉が早々に切りだした。

「実は、興味深い書物を見つけたものですから、一刻も早く三浦殿にお知らせしたくて」

「え」

「こちらのこの件《くだり》に、時に関する記述がいくつか…」

持参の巻物を開いての解説を聞く傍ら、秀輔は複雑な心境を持てあましている己を自覚した。

本当なら、ようやく念願の手がかりが見つかったのだから、手放しでよろこんでいい場面にもかかわらず、なぜか脳裏に浮かぶのは光玲のもの憂げな表情で、咄嗟にかぶりを振る。

「三浦殿？」

「あ、いや。えっと、すごいね。ありがとう、逸哉さん」

「いえ。本題はここからです。これによると、糺《ただす》の森という場所には不思議な伝承がさまざまあるらしく、そのひとつが、この森のどこかが異世界と通じている入口なのだとか」

「……っ」

まさしく核心に迫る端緒を示されて、鼓動が速まった。不自然に乾いた唇を舐め、秀輔は固唾《かたず》を呑んで逸哉の話に聞き入る。

待ちわびた情報を目の前にして懸念が払拭《ふっしょく》されていいはずが、一抹の不安が胸に巣くっていた。それを直視するのが怖くて無理やり意識を背ける。ここで深く考えると、後戻りできなくなるという本能的な防御反応が働いた。

「そこで、もし三浦殿の都合さえよかったら、わたしとともに糺の森へ行って実際に検分してみませんかと誘いにきたのです」

「今から？」

「はい。天気もいいことですし」

「そう、だね…」

師匠かつ上司である清嗣には、きちんと了承は得ているらしい。

当然、秀輔が同行すると思っている雰囲気の逸哉に訝られる前に答えを出す。この胸のざわつきは、現代に帰れるかもしれない期待によるものだ。

違うくせにと生意気をぬかす心の声は、問答無用で抹殺した。

「行くよ。あ、でもちょっと待って」

出かける前に、それなりの手筈がいった。まずは悠木に光玲宛ての伝言を頼む必要があるし、牛車も手配してもらわないとならない。

外出は光玲同伴時以外禁止されているが、要はひとりでなければいいのだろう。季忠が一緒なら、危機管理の意味でも問題あるまい。なにより、これ以上妙な具合に光玲へ惹かれないうちに帰れたらとの思いもあった。

光玲の帰りを待ってはどうかと、やんわり止める悠木を振りきって秀輔は出かけた。

糺の森までの道中、逸哉と話しながらも巻物に何度も目を通す。ここに書かれているとおり、異世界との入口が本当に存在するのかは眉唾《まゆつば》ものだが、自分とてタイムスリップしてきた身だ。そんなものは絶対にないとは言いきれないし、書物に記述が残っているくらいだから、不可解ななにかが起こってはいるのだろう。

なんとも落ち着かない気持ちのまま、目的地に着いてしまった。

季忠の手を借りて牛車を降り、眼前の森林を見遣って苦笑を漏らす。

「すっごく広いなあ」

「そうですね」

思わず呟いた秀輔に、逸哉が小さく笑った。

実況検分で歩き回るには相当な広さだ。実家の三浦神宮の敷地面積も、東京ドーム十五個分といったかなりのスケールだが、ここもそれに匹敵する。仮にすべてを調べ尽くすとしたら、一日ではとても足りない。

「地道に毎日やっても、どれだけ日にちがかかるんだって話だよね」

「ええ。ですから、あらかじめ絞った箇所のみ重点的に検分してはいかがでしょう。それなら、おそらく今日中にすみます」

「うん。そうしよう。じゃあ、早速始めよっか」

巻物片手に、絞りこんだ地点を逸哉と見て回る。

いかにも怪しげな大木の窪《くぼ》みや草叢《くさむら》、地形が変形したような場所は実際に触ってみたけれど、別におかしな点はなかった。

最初は硬い空気だった調査だが、これといった収穫もない上、優しく降り注ぐ太陽の下つづけているうち、次第にただの散策めいてくる。

木の芽吹く時期なのもあり、春の七草や山菜を見つけて食用に摘《つ》んだりもした。逸哉は草花にも詳しくて、途中からは即席植物講座になり果てる。もしかしたら、現代では絶滅していて、もはや存在しない植物とかもあったりするのではと、ここでも秀輔の知的好奇心が最大限に発揮された結果だ。

「タラの芽って、こんなふうに生えてるんだ。初めて見た」

「棘《とげ》に気をつけてください」

「ほんと。棘だらけ」

店の食料品売り場でしか見たことがないものが自生する様子は、興味深かった。しばしの後、帰路探しはいいのかと逸哉に訊かれて、そうだったと思いだしたくらい夢中になる始末だ。

馴染みの悪い癖とはいえ、なんとも緊張感に欠ける自分に呆れる。そんな場合か、寝惚けるなと、後頭部に強烈な回し蹴りを食らわせて目を覚まさせてやりたい衝動にも駆られた。

摘みとった山菜を季忠にあずけ、気を取り直して再度検分に戻る。とはいえ、ほとんどは見終わっているので、残るは一か所だけだ。

巻物の記述を確かめつつ、その場所を見回る。ふと、背の高い草の中に埋もれるひと抱えほどの苔《こけ》むした石が目についた。

表面になにか刻印されていたりしないかと思って近づき、手を伸ばす。

「秀輔！」

「え？」

石に触れる寸前、背後から名前を叫ばれて驚いた。しかも、かなり切迫感のある声で、なおかつここにいないはずの人の声だけに思考が固まる。

慌ただしい足音がしてすぐ、秀輔は腕を強く摑まれて引き寄せられた。

抗う暇もなく、伽羅の香りがする広い胸元にきつく抱きしめられ、手に持っていた巻物がものすごい勢いで取りあげられた。

「ちょっと、なにするんだよ。ていうか、なんでおまえがここにいるのさ」

「……間に合ったか」

「は!?」

「寿命が十年は縮んだぞ。そなたは私を早死にさせるつもりか」

「光玲?」

まったく嚙みあわない会話に首をかしげる秀輔をよそに、光玲は巻物を逸哉へ差しだした。その直後、秀輔の視界が突如転換する。

「な……み、光玲っ」

あろうことか、季忠と逸哉の前で軽々と姫抱きにされて動揺した。下ろせと喚いて暴れたが、キスするぞとさらなる羞恥難題を耳元で囁かれて抵抗を封じられる。

「…卑怯《ひきょう》だし」

「なんとでも言え」

小声で詰りながらも、どこか甘えが滲《にじ》んだ。この世で一番安心できる場所におさまっている安堵感で胸が詰まる一方で、動悸《どうき》の激しさも覚える。さすがにもう、この期に及んで己の気持ちはごまかせなくなっていた。

さんざん抗ったあげく観念して認めた光玲への想いに、今さらながら頬が熱くなる。

「季忠。中村殿を頼む。船岡山《ふなおかやま》にいる」

唐突に光玲が季忠に言い、秀輔と逸哉は目を丸くしたが、季忠は淡々と了承した。そんなふたりを置き去りに、秀輔は足取りひとつ乱さない光玲に抱かれたまま、彼が乗ってきたとおぼしき馬のもとへ連れてこられた。

乗せられた馬の背でおっかなびっくりの秀輔を背中から抱きこむようにして自らも騎乗した光玲が、手綱を引く。軽やかに走りだした馬に揺られながら、背後の温《ぬく》もりをあらためて噛みしめている自分になお赤面した。

帰りたいとの願いとは裏腹に、彼と離れたくないと思うのも恥ずかしすぎる。結果的に、この平安貴族青年に身も心も強奪されてしまったわけだ。

しかし、光玲にとってはあくまで、秀輔との関係は契約上の仮恋人にすぎない。それなのに、一緒にいて優しくされて、ころっと本気で男によろめいた馬鹿ですよ、どうせと内心でぼやきまくる。

なにしろ、相手は恋愛におけるテクニシャン及びプロだ。彼と比べたら、セミプロどころかアマチュアでしかない自分など、赤子の手をひねるくらい落とすのは簡単だったろう。

またこういう相手に限って、標的が己に靡《なび》いた途端に興味を失くすのだ。好きになったと告げようものなら、顔を顰《しか》めて盛大な舌打ちをかまされそうな気もした。

迂闊な告白は禁物なのかと、秀輔がブルーになっている間も馬は走りつづける。

糺の森を発《た》ったあと、紫野《むらさきの》を経ていつの間にか船岡山近辺へと連れてこられていた。馬をとめた光玲が先に馬上から降り、彼の手に助けられて秀輔も地面へ降りる。

辺り一面、見渡す限りの新緑が見事で、思わず感嘆の声をあげた。

「すごい、きれい」

春の息吹に満ち溢れた風景に見惚《みと》れ、緑の中へ足を踏みだす。目当ては、ひときわ目立つ八重桜の大木だ。すでに満開に近く、周囲の緑とのコントラストも秀逸で幻想的な景色だった。

腕が回りきれないほど太い幹に触れていると、背後に人の気配が迫ってくる。適当な木に馬を繋いでやってきたのだろう光玲に気づかぬふりで振り向かずにいた秀輔が、肋骨《ろっこつ》が折れる勢いで再び抱きすくめられた。

「うぐ」

「秀輔」

「だから、光玲。少しは力を加減し…」

「もう二度と、私の知らぬ間にいなくなるな。いや。そなたの帰りたいという悲願を承知であえて我を通して言う。頼むから、ずっとこちらの世に……私のそばにいてほしい」

「えっ」

思いがけない彼の台詞に絶句した秀輔の身体が反転させられる。向かいあって抱きしめられ、せつなさたっぷりの眼差しと視線が絡んだ。

「糺の森で巻物を手にしたそなたを見た瞬間、あの日、突然御所へ現れたように一瞬でもとの世へ帰ってしまうのかと肝が冷えた。いや。正直なところ、いつ私の目の前から消えてしまうか不安で仕方なかった。無論、そなたがどれだけ帰還を望んでいるかは承知だ。そのために、私にできることならなんでもしてやりたいとも思ったが、気づいたときにはそなたへの想いは真剣で、もはやそなたのいない生活は考えられないまでになっていた。しかし、愛するがゆえに私欲を捨てて一度は想いも封じたものの、やはりだめだった。そなたを手放すことなど、私にはできない」

「そ……」

「誰よりもなによりも、そなたが大切で愛しいのだ」

「な……」

「頼む、秀輔。私の生涯の伴侶《はんりょ》になってくれぬか」

「……っ」

仮初ではなく、真実の恋人になって一生そばにいてほしい。絶対に幸せにするからと、真摯《しんし》な態度で求婚《プロポーズ》ばりにかき口説かれて驚愕《きょうがく》した。

まさか、光玲がそんなふうに考えてくれていたなんて想像もしていなかったのだ。てっきり、もの珍しさと遊び感覚でつつき回してつきあっているのだと思っていた。

それが、実は秀輔の意思を尊重して我欲を封印し、けれど溢れる想いをこらえきれずに吐露してくれたとわかってうれしい。

普段が泰然とかまえている彼なので、余裕を失った姿が本気っぽかった。しかも、御所からの帰宅後に秀輔がいないことに焦り、悠木に事情を聞いて狼狽したあげく、着替えもせずに慌てて馬で駆けつけてきたという。

そこで巻物を手にした秀輔を見て、タイムスリップ時の状況を知る光玲が『このまま消えてしまうのでは!?』と早合点し、攫《さら》うようにここへ来たのも微笑ましい。最近なにかときつく抱擁しまくっていたのも、秀輔の存在を確かめていたのだと思うと余計にだ。

一方通行だとあきらめていたのが両想いと判明して半笑いの秀輔の顔が、覗きこまれた。

「返事は、秀輔」

「あ、うん」

いざ返答をと気負えば気負うほど、うまく思考がまとまらない。単純に同意すればすむのに、恥ずかしさが邪魔をする。そういえば、自分から誰かに告白したことはないなと思ったら、なおさら照れた。

初めての告白相手がよりによって男なのも悲しくて目頭を押さえたい気分になったが、好きになってしまったものは仕方ない。

この場合、果たして自分が嫁に行くのか婿をもらうのか、立場も微妙で頬が引き攣った。加えて、恋心を自覚したばかりの秀輔には、光玲のまっすぐな眼差しがいたたまれず、伏せ目がちにどうにか呟く。

「えっと、その……お、俺も…」

「うん?」

「光玲がす…す、好きだよ。おまえに惹かれてたって、認める。おまえだからなにされてもいいし、ずっとそばにいたいって思……っんむ」

途中で、秀輔の言葉は彼の口中に消えた。人がせっかく一世一代の愛の告白をしているのにと間近の黒い双眸を睨んでも、キスはやまない。

口角を深く合わせて舌も絡められ、たっぷり三分は吐息を奪われた。

唇がぽってり腫《は》れるほど味わい尽くされたあと、やっと解放された頃には、秀輔は肩で呼吸するはめになっていた。

「少しは…手加減しろよ。そもそも、まだ話してたのに」

「悪いが、そんな余裕はない」

「ちょ……んっん」

晴れて想いが通じたからには遠慮無用とばかりに、また唇を塞がれる。しかも、背後にある桜の木の幹に背中を押しつけられて、膝を光玲の足で割り開かれてうろたえた。

「……っ」

爽《さわ》やかな気候の戸外で、なんたる卑猥《ひわい》行為に及びやがるのだと唸る。

どうにかキスを振りきった秀輔が、密着中の彼を睨《ね》めつけた。

「おい。こんなところでする気か!?」

「するとも」

「す……って、外でなんか論外だっ。誰かに見られたらどうすんだよ！」

「心配いらん。桜しか見ていない」

「ばっ」

脳内で桜の花が咲き乱れているとしか思えないメルヘン思考を披露されて、気が遠くなりかける。というか、性モラルにルーズなエロもののけ出現である。これまでも、光玲の中に相当なツワモノどもを見てきたが、ついに真打登場だ。

TPO関係なく、相手の都合もおかまいなしに情事に持ちこむ恐るべき特徴を備える。

速やかに、徳の高い僧侶にお出まし願って加持祈禱《きとう》を頼みたい。並行して、最高位の陰陽師である清嗣にも登場してもらって、退治まではさすがにいかずとも去勢、もとい精力を三分の一程度に削る術とかかけてくれまいか。

こんな性獣が野放し状態だなんて、危険極まりない。都と人々の平和のためにも、ぜひどうにかする必要がある。

秀輔にしても、早まったかと告白自体を取り消したくなった。

屋外でセックスする趣味などないと猛抗議する直前、光玲が情熱的に低く囁く。

「あらためて誓う。未来永劫《えいごう》、私はそなただけを愛しぬく」

「う……」

「秀輔の決意の重さはわかっているつもりだ。ゆえに、そなたがこちらの世で安心できる拠《よ》り所《どころ》に私がなろう」

「光玲…」

「なにからも、必ずそなたを守っていく」

厳かに言い置いたあと、手の甲にそっと唇が押しあてられて頰が熱くなった。いつも以上に気《き》障《ざ》な仕種もさることながら、台詞の糖度の高さに眩暈を覚える。

添加物いっさいなし、愛の果汁百パーセントの光玲特製恋情ジュースを口移しでこれでもかと飲まされた感覚だ。恥ずかしいのはやまやまだが、愛されているよろこびもひしひしと伝わってきて、しれっと秀輔の直衣を乱す彼に抗う手が鈍る。

「私のすべては、そなたのものだ」

「……っ」

ついにとどめをさされて、完全に降伏した。

ここまで言われたら、しょせん光玲に惚れている秀輔が意地を張り通せるはずもない。

リアルな公序良俗違反を咎める自分の中の道徳担当者を今だけねじ伏せ、恋心と情動に流されるべく抵抗をやめて身を任せた。

「もう、光玲の好きにしろよ」

「そうしよう」

「でもさ、なるべく手短に……っん」

早速、膝で股間を刺激されて呻く。鮮やかな手際のよさで、秀輔の直衣はすでに乱されて胸元へ彼の手が入っていた。

おそらく、まだ肌寒い気候を考慮してくれているのだろう。肌を露出させるほどにはいたらないまま、衣越しにまさぐられる。それがかえって物足りなさを煽り、青空の下という状況も背徳感を演出する。しかも、互いに立った状態なので普段より違和感も大きかった。

首筋に顔を埋めた光玲に鎖骨を齧られつつ、秀輔が困惑ぎみに呟く。

「ちょっ……ねえ…光玲」

「なんだ」

乳首を摘まれて一瞬息が詰まり、彼の上着の裾を両手で摑んだ。股間も間断なく攻められて、甘く弾んだ呼吸を抑えきれない。

「横、に……ならなくて……い、の?」

「ああ」

「でも…ぁうう」

吐息で笑った光玲に、膝の動きを激しくされて喘ぐ。同時に、弱点の耳裏にも吸いつかれてはたまらなかった。

昂《たかぶ》った感情もあってすぐに限界が訪れ、秀輔ひとりで不本意ながら早々に絶頂へ駆けのぼる。

「っは、あ……ああ、あ、あっ」

解放感に浸る一方、指貫を汚した羞恥で彼の顔が見られずに俯いたら、頬にキスが降ってきた。

「相変わらず、そなたの果てる顔は悩ましい」

「馬、鹿…」

悪戯っぽい目つきで揶揄する端整な唇に、意趣返しに噛みついてやる。途端、舌が痺れるほどの反撃に遭った。飲みこみきれなかった唾液が唇の端からこぼれていき、息苦しさも手伝って広い胸板を拳で叩いて降参を訴えた秀輔が、不意に身をこわばらせる。

秀輔の背中側から双丘の奥に手を侵入させた光玲が、後孔を指でなぞり始めたのだ。

吐精したてで濡れている性器を扱き、潤滑剤がわりにするところが抜け目ないが、されるほうの恥ずかしさたるや究極だ。

「…っく」

挿ってくる異物感に思わず頬を歪めると、おもむろにキスがほどけた。

宥めるように耳朶を噛んだ彼が、甘い声音を注ぎこむ。

「力むな、秀輔」

「んん……無茶、言う…なっ」

「そうか。やはり、いつもどおりの舐めほぐしだな」

「舐めほ…って、え!?」

恐ろしい単語にぎょっとした次の瞬間、光玲が膝を折った。逃げる間もなく、指貫が脱がされて下半身が剝《む》きだしになる。

羞恥の叫びは、突然身体を反転させられていったん引っこんだが、桜の幹に両手をついて腰を突きだした格好をとらされて再び勢いづいた。

「みみみ光玲っ……こん、な……うわあ！」

さらに、軽く開いた脚の間に居座った彼に後孔へ口をつけられて大絶叫する。

狼狽もあらわに身じろいだものの、臀部付近をがっちり両手で摑まれていてどうにもできず、意地悪な舌と指の動きに翻弄されまくった。

「や…あっあ……ん…や、だ」

射精後で濡れそぼった性器や恥部を見られるだけでも精神的大惨事なのに、そんなところを舐めて弄られる行為には、たぶん一生免疫などつかない。

唾液で湿った音が立つのも、羞恥神経が疲弊する。というか、それには自分の精液もしっかり混じっているのだと思いいたり、いっそ彼岸へ旅立つ荷物をまとめたくなった。

「ふっ……ああ…あ、やぁ…んんっ」

しかし、秀輔の肉体に関しては博士号レベルの知識を持つ光玲の手にかかれば、わずかな時間で快楽の虜《とりこ》になってしまう。想いを通わせた現状ではなおさらで、内部の弱い箇所を指先で擦られるだけでも、いつも以上に感じて困った。

淫らに揺らめく腰をとめられず、桜の木に縋るだけではもはやだめだ。彼の支えがないと、地面に崩れ落ちてしまいかねなかった。

「んっん…あっ……も、だめ…」

「そろそろいいか」

「あぅ」

すでに三本も挿っていた長い指が、そろって抜かれた。秀輔が小さく呻いた直後、微かな衣擦《きぬず》れの音が聞こえ、熱い屹立が満を持して突きつけられる。

「秀輔」

「あっ…あああ」

熱っぽく名前を呼んだ光玲が、背後から挿入してきた。崩れそうになった身体を力強い腕が抱きしめ、着実に奥へ奥へと進んでくる。その勢いにおされて、秀輔の上体は桜の幹にへばりつく格好になっていた。

生きながら標本状態の蟬《せみ》気分に浸って数秒後、根元まで楔をおさめた彼が動きだす。

「んあっ」

「締めつけは常以上にきついのに、襞は淫猥に蠢いて私を誘っているな」

「そ……」

「ここもまた勃《た》たせて、淫らなそなたは実に愛で甲斐がある」

「うぅ…あ、触…るなっ」

中を熱塊で掻きまぜつつ、再度芯《しん》を持っていた性器に触れられて惑乱した。先走りを親指の腹で性器全体に塗りこめるようにされて身悶《みもだ》える。

うなじや首筋にも、痕を残すほど吸いつかれたり嚙まれたりして、執拗に焦らされた。

「ああっ、う……光玲、も……出…る」

「少々癪《しゃく》だが、仕方ない。桜にもそなたの甘露の蜜を飲ませてやるか」

「ば……あっ…い、あぁあ」

桜的には、『飲みたくないし、むしろ迷惑』と口がきけたら反駁《はんばく》したいに違いない。

秀輔も、樹齢を重ねた立派な木にそんな狼藉は働きたくなかったが、性器の先端に爪先を食いこまされてはこらえられずに吐精してしまった。その余韻が冷めやらぬうちに、光玲が突きあげてくる。

極めたばかりで敏感な粘膜を擦りたてられて、さすがに半泣きになった。

「あ、ゃう……まだ、待…っ」

「あいにく、無理だ」

「そ……っあ…んんん」

深部を抉られた直後、筒内に夥《おびただ》しい量の熱いほとばしりがかけられた。

体内が濡れる独特の感触にも、いまだ慣れない。立った体勢ゆえに即逆流してくるため、いちだんと動揺した。

「くぅ…ん」

唇を噛みしめていろんな感覚をひたすら耐えていたら、体内の楔が退いた。さらに溢れてくる体液に焦り、咄嗟に後孔に力を入れた秀輔の身体がまたしても反転させられ、あれよあれよという間に今度は向かいあった体勢で挑まれた。

「ちょ……うそっ!?」

「秀輔、私の首に腕を回して摑まれ」

「な…っは、ああ……やだっ」

「今は、そなたほしさに嫌も聞けぬな」

「光、玲っ……ぁ」

左脚を光玲に抱えあげられ、腰を引き寄せられる。

相変わらず驚異的な回復力で硬度を取り戻している熱塊が、一度目のぬめりを借りて秀輔の内部へ突き進む。残る片脚もほとんどつま先立ちで、不安定な体勢を免れるにも必然的に彼の首筋に縋らざるをえなかった。

「あっあ…ん、ゃんん」

咎めるつもりで視線を上げた拍子に、唇を重ねられた。もう、どこもかしこも光玲に占拠されて、なにひとつ自分の自由にならない。けれど、それすら愛されている証拠とか幸せとか認識してしまう脳は、確実に恋の病に侵されていた。

ほどなく、後ろからとは微妙に違う角度での抽挿が始まった。しかも、さきほどよりも激しくなっていて、ついていくのに必死だ。なんとなく、楔もさらに嵩《かさ》を増した気がして恐ろしい。

いくら好きでも体力の差は如何《いかん》ともし難いと、キスの合間に涙目で、秀輔は己の限界が近い旨を述べた。

「ん……お願っ…無理だ、から…」

「あと少し」

「っや……も……きつ、い」

「しばし待て」

「だ、って……光玲、の……さっきより…おっき……うあっ」

言ったそばから、体内の凶器が膨張して慄く。まだ成長余地があったのかと蒼白《そうはく》になりつつも、潤んだ瞳で光玲を睨んだ。

「苦し…だろっ」

「自業自得だがな」

「な……」

「無意識か。まあ、そなたの言動は私を魅了してやまないということだ」

「は？　あっ、あ、ん…ぅ」

強靭《きょうじん》な腰つきで中を攪拌されて、思考も分散する。

内腿を伝い落ちていく体液の感触が嫌だと文句をつけたら、ならばと、もう片方の脚まであっさり持ちあげられて愕然となった。

なけなしのバランスを失った秀輔が、光玲へ全身でしがみつく。

自らの体重分、よりいっそう楔を深く銜えこむ痛ましい結果になって動転した。

「み、光玲……やめっ」

「これならよかろう」

「よくな……あ、あ、あああぁ」

新提案が果たして親切なのか嫌がらせなのか、微妙なラインだ。

なにより、甚だしい膂力《りょりょく》に言葉もない。無論、秀輔の背を桜の巨木へ押しつけて背後への転倒を防ぐメリットはあれど、その体力自体が凄まじい。

華奢とはいえ、成人男性の秀輔を抱えて己の欲望もしっかり満たしている。

「んぅ…あ、深っ……や、あう」

「秀輔は、こうして私を突っこんだまま中を掻き回されるのが好きだな」

「そ……ちがっ」

「体液でここを濡らしたあとは、特にいい顔で啼《な》く」

「う」

「そんなに気持ちいいのかと思うと、男冥利《みょうり》に尽きるが」

「勝手、に…言ってろ……ああっ、ん」

恥ずかしすぎる指摘を認められずに反発したら、弱い部位をつつかれて嬌声が漏れた。

どうだと微笑む意地悪な光玲が悔しいが、鋭敏な粘膜をねっとりとしつこく楔で弄り尽くされて散々泣かされる。

「も、や……嫌っ…光、玲……許して」

無茶な体位で攻められつづけるのもきつくて、普段の勝気さも忘れて秀輔が懇願する。光玲の肩口に顔を埋め、すぎる悦楽をやりすごしたくて眼前の首筋に噛みつくと、彼が低く笑った。

「本当に、そなたはなにを言ってもやっても愛らしい」

「んぁう」

「いったい、どれだけ私を骨抜きにすれば気がすむのだか」

「知ら、な……光玲ぃ」

「まったく、困った恋人だ」

「あ、あ…あああっ」

ひときわ最奥に捩じこまれた熱塊で、二、三度強くそこを抉られた。

互いの腹部で擦られて勃っていた秀輔の性器が蜜を吐きだすとほぼ同時に、粘膜内が二度目の精で溢れ返る。

叩きつけられた奔流が残りの淫液と混じって体内で暴れた。

「んっ…ん、ゃ……中、が…」

「なんだ」

「ぁん……光、玲……も、出さな…でっ」

淫ら極まる感覚に耐えかねて震える声で中断を要請するも、笑顔で聞き流された。

「や、だ……光玲っ…てば！」

「その顔は逆効果なのだがな」

「な？　…ぅんっん」

結局、最後まで注がれてから楔は引きぬかれた。抱えあげられていた両脚もやっと地面に下ろされたものの、体力残量がゼロに近い秀輔は桜の木を背にずるずるとその場にへたりこむ。

すぐに、光玲が同じ目線に腰を屈《かが》めた。着衣もほとんど乱れていない上、ひとりすっきりと涼しげな表情の彼が恨めしい。

「……いくらなんでも、やりすぎだし」

「私の好きにしろと言ったのはそなただ」

「だからって、二回もする!?」

「まだ二回しかしてないだろう」

「そ……」

さらっと『まだ』だの『しか』だのほざいた絶倫貴公子に目を剝いた。これほど怖い爽やかな微笑みはあるまい。

いったい、なにを主食にしたらそんな底抜けの性欲魔人になるのだ。しかし、この時代は現代と比べて粗食だと思いだす。さては、遺伝子か。性欲を司るＤＮＡの配列に、突然変異でも起こったのかと唸る秀輔に、光玲が笑いかけた。

「次はこの草の上にそなたを組み敷いて…」

「断るっ」

一度のつもりが、屋外で二度も励まれて遺憾なのに、三度目などもってのほかだ。

ここは絶対に譲らず、どうしてもつづきがしたいなら邸に帰ってからだと言い張った秀輔に、光玲が苦笑まじりに肩をすくめた。

「仕方ない。では、帰るか」

「うん。わかればいいんだよ」

そうこなくちゃと安堵の息をついたところへ、彼が言い添える。

「その前に、あと始末をせねばな」

「え？」

「そなたの中に出した私のものを、掻きだしてやろう」

「か、帰ったあとでいいから」

「それでは帰り道がつらかろう。遠慮はいらん」

「おまえが少しは遠慮し……うぎゃあ!!」

本気の拒絶も虚しく、倒していた膝を立てて開かされ、濡れそぼつ恥部を全開にされた。

残る体力を振り絞って逃げる寸前、後孔に指が挿ってくる。

「やっ…あ、ああ……っんう」

「たっぷり注いだから、しとどに溢れてくるな」

「く……光、玲っ…ぁ」

長い指を二本使って、宣言どおり襞を掻くようにしてあと始末という名のちょっとした辱めの刑に処されてのたうつ。

こんな嬌態《きょうたい》を晒してたまらなく恥ずかしいのに、体液が出ていく感触と悪戯な指先が脆《もろ》い場所をかするたび、下腹部が波打ってしまう。

甘い悲鳴はこぼさずにすんだけれど、熱い吐息と股間の変化はごまかせなかった。

「んん…っふ、ぅ」

「まさか感じてるのか、秀輔」

「やかま、し…っ」

艶冶《えんや》な表情で双眸を細めた光玲に、秀輔が悪態をついて睨む。

こうなることを見越して、故意にこの行為へ持ちこんだとしか思えず忌々しかった。

「さて、どうしてほしい？」

「な、に…？」

「そなたの昂った印を鎮める方法だ」

「そ……」

嫌すぎる問題提示に眉をひそめる。ついでに、このまま光玲の指で後孔を弄られて極める、性器を直接扱く（この場合、光玲と自分の手の二通り）、光玲による口淫、光玲の楔挿入と、選択権を力いっぱい放棄したくなる選択肢ばかり言われた。

げんなりしながら溜め息をつく秀輔をよそに、彼が嬉々《きき》としてつづける。

「あと、私と繋がった状態で馬に乗るという案もあるぞ」

「は!?」

「それなら、帰りながら秀輔も鎮められて一石二鳥だな。馬の揺れが抽挿にも負荷されていい刺激になりそうだ」

「ば……」

名案だろうと得意げな光玲に倒れそうになった。

優雅な笑顔で馬上エッチプランを披露、推奨する彼が恐ろしい。屋外で情事に耽るだけでも相当な覚悟が必要なのに、馬で移動しながらだなんてどれだけ強心臓なんだという話だ。もはや、図太いを通り越して無神経と言って差し支えない。

秀輔には市中引きまわしの上、磔《はりつけ》獄門レベルの極刑に等しかった。

「よし。やるか」

「させるかよっ」

そんな破廉恥行為に及ぶくらいだったら、ここで三回目をしたほうがましだと叫んだ途端、光玲が頬をほころばせた。

秀輔の体内から指がぬかれ、腰を抱き寄せられる。

「ぁ……え？　ちょ…え？」

素早く秀輔と位置を入れ替えた彼が桜の幹によりかかって座り、その膝上に向かいあって抱えられた直後、熱い屹立が後孔に押し入ってきた。

「うぁ、あ…やだ……光玲っ」

「きちんとそなたの許可はとったぞ」

「そ、んっ……ずる…い」

あんな言質の取り方があるかと詰る。本当はダイヤモンドがほしいけれど、それを素直にねだると夫が難色を示すので、最初はもっと値段が張る最高級のピンクダイヤモンドがほしいといって徐々に譲歩しているように装い、本命を手に入れる交渉上手な妻みたいなものだ。というか、馬上エッチプランも間違いなく本気だったくせにと思う。

「策を弄《ろう》してでも、そなたがほしいのでな」

「あっ…んん……馬鹿っ」

甘い声で囁いて、光玲が秀輔の唇を啄《つい》ばんだ。

熱塊も奥まで到達し、力強く脈打って存在を主張する。大きな手で双丘を割り開いた彼が、早速腰を動かしだした。

広い肩に縋りつき、下からの突きあげに耐える。

二度の交わりですっかり蕩けきった粘膜は、光玲を拒まない。快楽のみ与えられると知っているから従順なのが、持ち主的には複雑だった。

「恋する男は誰もみな馬鹿なんだ。そなたに狂っている私など、その比ではあるまい」

「狂…!?」

もともと言葉を出し惜しみしない光玲だが、いったん本心を曝《さら》してさらに磨きがかかったらしく、前以上に恥ずかしげもない激甘台詞をばんばん言う。

通常でも赤面ものなのに、行為のときはなおさらいたたまれなかった。

「私の愛しい秀輔。絶対に離さない」

「も……いろいろ……ほんと、勘忍し…て」

「あいにく、生涯こんな調子だろうな」

「……微妙に嫌かも…ひあぅ」

失敬なやつめと咎めるように強い突きあげを食らって、悲鳴をあげる。

光玲仕様にカスタマイズされた身体は容易く悦楽に溺《おぼ》れ、泣き濡れた。

「あ、あっ…んん…あっあ……光、玲っ」

「秀輔、そなたから『きす』を」

「っふ……んぅ」

彼に乗りあげているため、少し低い位置にある薄い唇めがけて顔を傾け、要望どおりにキスをする。すぐさま出張ってきた強引な舌に舌を搦《から》めとられて吸われつつ、体内を熱塊で弄り回された秀輔が精を放った。

「ああ…く、ぁ……あっ」

かぶりを振って唇をほどき、嬌声をこぼす。知らず、内襞をきつく収斂《しゅうれん》させて中の光玲を締めあげたら、低い呻きとともにいちだんと激しく内部を擦りあげられた。

「い、ゃ……あっ、あっ、あっ……強、い…」

「そなた、私を食い千切る気か?」

「な…ぅああ、ん……や…も、光玲っ」

「秀輔」

「っん、あ——!!」

最後のひと突きで、とどめを刺された。声がかすれ、目の前が一瞬真っ白になる。

強烈な快感に失神一歩手前までいった秀輔の体内が、三度《みたび》熱い飛沫で濡らされた。その拍子に我に返り、なんともいえない感覚に喘ぐ。

乱れた呼吸でぐったりと倒れこんだあと、またもやあと始末の屈辱が待っていて唸る。

「もう、嫌だ…ってば」

「今度は、これ以上はしないから心配無用だ」

「そ……んぁ、あ…」

その口車に乗った自分を五秒後には海よりも深く後悔したが、抵抗の甲斐もなく、羞恥三昧の時をしばらく過ごすはめになった。

四回目の挿入こそ免れたものの、指で粘膜を嬲られ極めさせられたあげく、草の上に仰向けに寝転がされて、体液まみれの性器から後孔にかけてをきれいに舐め尽くされた日には、秀輔は本気で世を儚みたくなった。

光玲のエスカレートぎみの言動に、先が思いやられて頭が痛い。

そしてどうにかことを終え、着衣も整えられてひと息つく。完全に拗ねた秀輔を相手にしても、彼はどこ吹く風で、可愛くて仕方ないといっためろめろの眼差しで見つめてくるから始末に負えなかった。

「あんなことするなんて、信じられない」

「そうか？　私にとってはそなたはいっそ食べてしまいたいくらい愛しいゆえ、あれくらいはどうということもないが」

「……愛情表現、濃すぎだし」

少々うんざりしたまま、ふらつく身体を光玲に支えられて立ちあがる。そこへ、不意に控えめな声がかけられて息を呑んだ。

「失礼いたします。よろしいでしょうか、光玲さま」

「ああ。季忠か」

「と、季忠さ…!?」

まさかの事態に怒りも忘れて固まった秀輔に目礼して、季忠が淡々と言った。

「僭越《せんえつ》ながら、お帰りの際は秀輔殿に馬は酷かと思いましたので、中村殿を陰陽寮までお送りしてきたまま、あちらに牛車を用意して参っております。光玲さまの馬はわたしが連れて帰りますので、おふたりでお乗りになってください」

「そうだな。助かる」

「……っ」

その台詞の内容に、秀輔は思わず絶叫しかけた。だって、自分が光玲に抱きつぶされることは予想できたので準備は万全。つまり、ここでなにがなされていたのかを季忠は承知なわけである。

悠木に情事を見聞されたり、事後のあと始末をされるのでさえ拷問めいているのに、季忠にまでライブでお届けしてしまった。

おそらく彼の立場上、警護対象のそばにいて目を離さないのが職務なのだろうが、こっちの精神的ダメージも考慮願いたい。とはいえ、あんな場面を見たにもかかわらず、悠木同様、微塵も動じていない季忠も、やはり感覚は平安人だ。

当然なのだが、自分寄りのイメージだった分、いささか悲しくなってがっくりくる。

いや。そもそも、あのとき光玲が桜しか見てないとかへ理屈を捏ねたせいだ。それにうっかり流された己は棚に上げて、眼前の元凶を睨みつける。

「桜以外にも見られてたじゃんか！」

嘘《うそ》つきと呟いた秀輔に、光玲が極上の微笑みを湛えた。咄嗟に見惚れた隙をつかれて唇を盗まれたあと、季忠の目前でまたも横抱きにされる。

「光玲！」

「いつまで経っても、そなたは恥じらいを忘れず初々しくて可憐《かれん》だな」

「か!?　……っていうか、少しはおまえも恥を知れよ」

「人並みに承知だが」

「不充分なの。せめて、人目を気にして今すぐ俺を下ろせ」

「下ろすのはかまわんが、そなた、歩けまい？」

「だ……」

誰のせいだと頭を掻き毟《むし》って怒鳴りつけるより早く、光玲がつけ加えた。

「私のせいだ。責任はきっちりとる」

「そ…っんん」

悠木や季忠よりも、説教をキスで塞ぐ恥知らずにどうやったらプライバシーの観念を叩きこめるのかが、秀輔の今後最大の課題だった。


後日、秀輔は光玲と連れだって御所に出向いた。

いつもどおり予《あらかじ》め人払いされた清涼殿には、帝と東宮だけがいる。

「秀輔。折り入ってわたくしに話とはなんだ？」

片肘《かたひじ》を脇息《きょうそく》についたリラックス姿勢で帝が訊ねた。最後くらいは直接自分の口で諸々《もろもろ》報告したいと、光玲を通じて知らせたせいだ。

帝には、陰陽寮をはじめ寺社仏閣への出入りやさまざまな文献の閲覧等、帰路探索に必要と思える各方面の許可を快く出してもらった恩がある。一度はきっちり礼を述べておかなければならなかった。

いろんな面において、さりげなく便宜をはかってくれたという東宮にもだ。

「はい。あの、まずはおふたりにお礼を言いたくて」

「うん?」

「帰る方法を探すのに、いろいろと陰から支えてもらってありがとうございました。俺なりに、今まで一生懸命頑張って調べてみたんだけど、やっぱり帰れないみたいなんで」

この結論については、秀輔は正直まだ複雑だった。きっぱりあきらめてしまえるほど、割りきれてもいない。

それを承知なのか、光玲はただ黙って見守ってくれている。

先日の誓いに違《たが》わず、秀輔のナイーブな心まで包みこんで寄り添っている気がした。

「だろうな。わたくしの清嗣が、最初からそう申していたであろう」

「な……」

「しかし、ふた月あまりもよく無駄な努力をつづけたのう。そなた、見かけよりも根性があるな。で、さすがにもう気はすんだと?」

「……喧嘩《けんか》売られてるのか、俺」

デリカシー皆無発言を堂々とかます帝に秀輔が緩くかぶりを振って低く呟いていたら、東宮が会話に入ってきた。

「御上、少々お口がすぎるのでは」

「東宮様」

繊細さの欠片もない帝を窘める東宮を、思わず『様』つきで呼んでしまうほど見直しかけた直後、彼が穏やかに言った。

「秀輔は身をもって清嗣の卜占《ぼくせん》を検証したのですから、これまでの行動は決して無駄なあがきではなかったと思いますよ。むしろ、感謝してもよいかと」

「そ……」

失敬にも人を実験台扱いする失礼発言に、秀輔の目が据わる。

露骨でなくナチュラルなところが、いちだんと腹立たしかった。

「ふむ。たしかにな。秀輔、ご苦労であった。褒めてつかわす」

「……ありがたくもなんともないし」

いい人なのかもしれないけれど、なんか嫌だこの親子と理不尽さを噛みしめる背中を、そっと撫でられた。隣に視線を流すと、光玲が抑えてというように苦笑を湛えている。

了解と微笑み返した瞬間、デリカシー欠落キングがまたも放言した。

「そなたら、相愛なのはけっこうだが、ここで睦みあうのはなしだ。帰ってやれ」

「な、ななななんで知って!?」

「御上…」

突然の指摘に狼狽しきりの秀輔と溜め息をつく光玲に、帝がにやりと笑う。その横では、東宮が『仲がよくていいいね』とうれしそうな表情なのが怖い。

「清嗣の予見どおりだな。まあ、仲良くやっていくとよい。秀輔の身は引きつづき光玲にあずけるゆえ、頼んだぞ」

「御意」

「だ、だからっ。どうしてバレてんだよ?」

「身分もおいおい考えて、ある程度の位階の者には秀輔の存在を知らせねばなるまいが、とりあえずはわたくしの客分扱いでよかろう。あとで清嗣の意見も参考にして詳細が決まったら、おって告げる」

「畏まりました」

動揺する秀輔は無視で、帝と東宮、光玲とで話はさくさく進んだ。

こちらの世に残るとなった以上、それはそれでいろいろと辻褄《つじつま》をあわせる必要が生じる。なにせ、人ひとりが突然増えたのだ。タイムスリップの事実はまさか口外できないので、それなりの設定をつくらねばならない。

面倒くさいと文句を言いつつも楽しげな帝が、光玲との仲を揶揄するたびに秀輔はいちいち反応した。無害な笑顔で東宮にも参戦されて余計に疲れ、へろへろになった頃、ようやく彼らの前を辞することができた。

「あの親子、実は性格極悪なんじゃないの」

牛車の中で、秀輔が忌々しげに唸る。

現代に帰れなくて当然みたいなスタンスも、清嗣経由で知ったらしい光玲と自分の関係をからかう態度も気に食わなかった。

「人が帰れないって落ちこんでるのに、気遣いとか配慮とかできないわけ？」

不貞腐れぎみにぶつぶつ呟くと、ひどくまじめな声で名前を呼ばれた。

「秀輔」

「なに？」

「そなた、やはり故郷へ戻りたいか」

「え」

悲愴《ひそう》なほど憂いを湛えた面持ちで訊いてくる光玲に、なんだか毒気がぬかれた。誰よりも秀輔を思いやってくれる彼がそばにいてくれる事実だけでも、こうして心が和む。

もちろん、帰りたい気持ちはまだある。人間、そう簡単には意識を切り替えられないし、こんな非常識な運命を受け入れることも難しい。とはいえ、自分が納得いくまで帰路探索したあげくなので、あきらめるしかない。というか、これ以上は考えてもわからないので仕方ないとの結論にいたったのが本音だった。

それに、秀輔は孤独ではない。澄慶や季忠、逸哉といった友達もできたし、兄がわりの悠木もいる。帝と東宮と清嗣は知人でとどめておくとして、なんといっても大事な光玲がいる。

ホームシックで寂しい夜も、光玲さえいてくれたらきっと大丈夫だ。

曇った凛々《りり》しい眉の間を指先でつついて、秀輔がにっこり笑った。

「そりゃあね。普通に帰りたいと思うよ」

「……そうか」

「でも、俺は光玲がいるこの世界に残るって自分で決めたからいいの。だから、おまえは黙って俺を拾った責任をとって、一生俺の面倒をみればいいだけの話だろ」

わざとぶっきらぼうに告げると、彼が一瞬双眸を瞠り、ゆっくりと口元をほころばせた。その形のいい唇の端におもむろにキスして、さらにちょっぴり偉そうに言う。

「光玲はずっと俺のそばにいて、俺を寂しがらせなきゃいいんだよ」

「そうだな」

「自信ないとは言わせないからね」

「任せろ。得意分野だ」

きっぱり断言した光玲が、不意に秀輔の肩を抱き寄せてさきほどのお返しと言わんばかりに熱のこもったキスをしてきて慌てる。

「んん……み、光玲っ」

「早速、実践しよう。私だけの愛しい秀輔」

「わ、わかったから……ちょっ…とにかく離れて！」

「嫌だ。もうひとときたりとも離さぬ」

「げっ。だから、牛車内でさかるな、このエロ貴族!!」

「いついかなるときでも、場所さえ選ばず愛したいだけだ」

「ちょっとは選べ……って、うげ」

抱きしめられた際、硬いものを押しつけられた秀輔が頬を歪めた。

抵抗を押さえこまれてすっぽりと腕の中に閉じこめられ、衣の上から尻を揉まれて焦る。

「待っ…待てこら。光玲、牛車壊す気かよ。マジでやばいって！」

「『まじでやばい』とはなんだ?」

「そ……」

現代の若者言葉も通じないと愕然とし、適切な言葉に変換しようにも頭が回らない秀輔がまごついている間に、優しいキスが降ってきて返事は封じられた。


そして、入れ替わりタイムスリップのもうひとりの被害者が現代へ跳ばされるのは、もう少し先の話である。

あとがき

こんにちは。もしくははじめまして、牧山です。

このたびは『平安時空奇譚　現は永遠の恋人』をお手に取ってくださり、ありがとうございます。

今回は、初めての時代もの――平安時代、雅で平穏な時代のはずなのですが、タイムスリップという要素も加わり、いささか穏やかではない感じに仕上がっております。

攻め・頭中将・光玲が「エロ公達」呼ばわりされていますが、本来はやんごとなきご身分の超エリート貴族様でございます。対しまして、受け・秀輔は現代人ということもあり、行動力にあふれた青年です。

実はこのお話、本文で陰陽頭・清嗣の説明にもありましたとおり、入れ替わり式のタイムスリップなので、平安時代から現代に跳んでくる高貴なお方も存在します。また近々跳んできてくれる予定です。既に跳んできている…という噂もあります。

執筆に際しては、久方ぶりに高校時代の教科書『国語便覧』を引っ張りだし、資料として使いました。当時もこの本は教科書の中でも群を抜いて好きでしたので、思わず読み入ってしまいました。さすがに、これ以外の教科書は、おそらく残っていないと思います。

さて、ここからは皆様にお礼を申し上げたいと思います。今回は関係者の方々には特に時代背景とのすり合わせの協力を得まして助かりました。和の世界は奥深いです。

まずは、華やかで雅なイラストを描いてくださったSILVA先生、登場人物が多く、装束や背景など手のかかる作品にもかかわらず、それぞれのキャラの個性を引き立たせて描いてくださってありがとうございました。

担当様にも、いつも以上にお手数をおかけいたしました。本当にありがとうございました！

最後に、この本を手にしてくださった読者の方々に最上級の感謝を捧げます。少しでも、楽しんでいただけましたらさいわいです。お葉書やメールもありがとうございます。なかなかお返事を書けず、心苦しいのですが、本当に励みになり、創作の意欲にさせていただいております。

HP管理等をしてくれている杏さんもありがとう！

それでは、またお目にかかれる日を祈りつつ。

牧山とも　拝

牧山先生、執筆活動10周年
おめでとうございます

メモリアルイヤーに、このような素敵な作品に参加させていただきましたこと、
心より感謝感激しております！　すっかりこの作品の、キャラのファンになってしまいました
またいつかどこかで、彼等と再会出来れば嬉しいです
牧山先生、瑞木様、福山様、ありがとうございました。

SILVA

【参考文献】
稲賀敬二・竹盛天雄・森野繁夫／監修 「改訂新版　新総合国語便覧」 第一学習社
和田英松／著　所功／校訂 「新訂　官職要解」 講談社学術文庫
田畑みなお・渡辺誠／写真　田島達也・建部恭宣・野村勘治／執筆 「京の離宮と御所」 JTB パブリッシング
嶋本静子／著 「香りの源氏物語」 旬報社
株式会社新創社／著 「京都時代 MAP® 平安京編」 光村推古書院
山口博／著 「王朝貴族物語」 講談社現代新書
近藤好和／著 「装束の日本史　平安貴族は何を着ていたのか」 平凡社新書
戸矢学／著 「陰陽道とは何か　日本史を呪縛する神秘の原理」 PHP 新書

【参考サイト】
COSTUME MUSEUM 風俗博物館　http://www.iz2.or.jp/
有職装束研究　綺陽会　http://www.kariginu.jp/

AZ NOVELS この本を読んでのご意見・ご感想・ファンレターをお待ちしております。

〒101-0051
東京都千代田区神田神保町1-19　ポニービル3F
(株)イースト・プレス　アズ・ノベルズ編集部

平安時空奇譚　覡《かんなぎ》は永遠の恋人

2010年8月20日　初版第1刷発行

著　者：牧山とも
装　丁：㈱フラット
編　集：福山八千代・面来朋子
発行人：福山八千代
発行所：㈱イースト・プレス
〒101-0051
東京都千代田区神田神保町1-19　ポニービル6F
TEL03-5259-7321　FAX03-5259-7322
http://www.eastpress.co.jp/
印刷所：中央精版印刷株式会社

ISBN978-4-7816-0438-1　C0293

オール書き下ろし!
アズノベルズ
AZ・NOVELS
毎月末発売！絶賛発売中！
きみに飼われたい

期間限定

書き下ろしSSペーパー 応募者全員プレゼント!!

応募要項

1 ①申込用紙、②宛名用紙、③編集部控え（すべてコピー可）、本書のオビに付いている**応募券**（コピー不可）を切り取り、必要事項をご記入下さい。

2 封筒を1枚用意し、①**申込用紙に80円切手を貼ったもの**を用意した封筒に貼ります。②**宛名用紙にも80円切手を貼り**、ご自分の住所・氏名をご記入下さい。切り取った応募券を③**編集部控えに貼って**下さい。

※ 返信用封筒はこちらで用意いたします。

3 ①申込用紙を貼った封筒に、②宛名用紙（封筒に貼らないでください）と、③**応募券が貼られた編集部控えを入れて**封をし、ポストに投函して下さい。

応募受付期間

2010年8月1日～11月1日
（当日消印有効）

発送

2010年8月末から順次発送予定

⚠注意事項⚠

応募に不備のあったものは、発送できませんのでご了承下さい。

応募受付期間を過ぎたお申し込みは受付けできません。

海外からの受付けはおうけできません。

2010年11月末になりましても届かない場合は、編集部にお問い合わせ下さい。

申し込む封筒の裏には、必ずリターンアドレスを明記し、封をする前に記入漏れがないかご確認下さい。（鉛筆での記入は不可）

※お送りいただく個人情報は、厳重に管理し、お客様の承諾を得た場合を除き、第三者に提供、開示等は一切行いません。

発送に関するお問い合わせ
ズ編集部
EL:03-5259-7707
土日祝日を除く平日10時～18時）

→①申込用紙（コピー可）

80円切手を貼ってください

〒 101-0051

東京都千代田区神田神保町1-19
ポニービル3Ｆ
㈱イースト・プレス　アズ編集部

「～平安時空奇譚～覡は永遠の恋人」
書き下ろしSSペーパー係

→②宛名用紙（コピー可）

80円切手を貼ってください

住所

フリガナ

氏　名　　　　　　　　　　　様

「～平安時空奇譚～覡は永遠の恋人」ペーパー

→③編集部控え（コピー可）

③編集部控え（コピー可）

住所　〒

フリガナ

氏　名

ＴＥＬ

SSペーパー
～平安時空奇譚～覡は永遠の恋人
応募券
を貼ってください!
※応募券はオビに付いてます

「～平安時空奇譚～覡は永遠の恋人」ペーパー